PALAVRALGIA

ÁUREA STELA

PALAVRALGIA

PandorgA

2014

Coordenação Editorial	**Silvia Vasconcelos**
Preparação	**Bianca Briones**
Projeto gráfico e Diagramação	**Project Nine**
Composição de capa	**Project Nine**
Revisão	**Mônica Vieira/Project Nine**

Texto de acordo com as normas do Novo Acordo Ortográfico da Língua Portuguesa (Decreto Legislativo nº 54, de 1995)

Dados Internacionais de Catalogação na Publicação (CIP)
(Câmara Brasileira do Livro, SP, Brasil)

Stela, Áurea
Palavralgia / Áurea Stela. -- Carapicuiba, SP : Pandorga Editora e Produtora, 2014.

1. Crônicas brasileiras I. Título.

14-02158 CDD-869.93

Índices para catálogo sistemático:
1. Crônicas : Literatura brasileira 869.93

2014
IMPRESSO NO BRASIL
PRINTED IN BRAZIL
DIREITOS CEDIDOS PARA ESTA EDIÇÃO À
EDITORA PANDORGA
Avenida São Camilo, 899
CEP 06709-150 - Granja Viana - Cotia - SP
Tel. (11) 4169-3875
www, editorapandorga. com. br

Aos queridos Tina, Mani, Lite, Mima e Russo-Doval,
meus amores e maiores incentivadores.

"Tem mais presença em mim o que me falta."

Manoel de Barros

SUMÁRIO

APRESENTAÇÃO

Palavralgia é um livro de crônicas, entremeado de poesia, que reúne textos escritos em vários momentos de minha vida e reflete minhas opiniões, sentimentos, pesares, alegrias e tristezas sobre temas diversos que fazem parte do meu, do nosso, cotidiano.

Creio sermos seres atemporais e não espaciais condicionados temporariamente a uma determinada experiência espaço-temporal, mas cheios de manejos e traquejos para burlar esta condição e dar pequenas escapadelas, enquanto nos encontramos neste exílio. São estas pequenas fugas, que alguns chamariam devaneios, que nos fazem acessar outros conteúdos e traduzi-los à nossa moda.

Então, aqui, misturo vários tempos e espaços, assim como prosa e poesia, porque acredito em narrativa poética e em poesia com fio narrativo.

Esta mistura vem temperada com muito sentimento. É com este tempero que sempre procuro dar sabor à escrita. E a intenção é justamente esta, que ela seja saboreada, degustada, processada.

O meu desejo é que este tempero possa ser sentido em cada linha, em cada entrelinha, por toda a escrita.

Esta obra não é despretensiosa porque tem a intenção de provocar reflexões acerca de percepções e sentimentos despertados por pequenas coisas, às vezes, por um simples movimento, mas também por grandes questões que incomodam e nos fazem querer gritar em praça pública.

Seja ela meu grito, minha voz, minha palavra, minha mais insana lucidez, minha expressão e muito de mim mesma.

Áurea Stela

DIVÃ

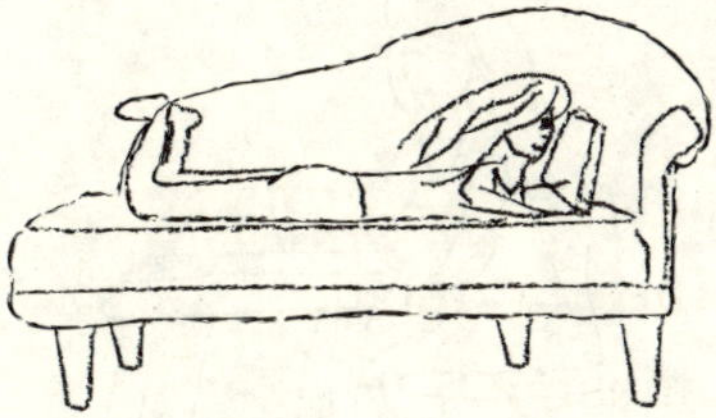

Sou um ser cheio de questionamentos
E contrários direcionamentos.
Por isso, me derramo sobre a folha em branco,
Como quem se esparrama no divã.
Aqui é o espaço de me expor,
Desmancho-me toda em palavras
Sem jamais querer me recompor.

ESCREVER

Sempre escrevi em agendinhas de bolsa, cadernetinhas de anotações, caderninhos e, dependendo da situação, em capas e marcadores de livros, guardanapos, notas de supermercados e até nos comprovantes de débito automático, aqueles papeizinhos amarelos ou azuis que ficam, aos quilos, na carteira e na bolsa da gente.

Disse a mim mesma: que é isso? Assim não é possível. Tem que ter um lugar certo para escrever! A poesia merece um lugar digno. Parei, então, numa superpapelaria e adquiri um caderno imenso, de vinte matérias, bem grosso, bonito, cheio de filigranas e levei para casa. Isso já tem um tempão e eu nunca consegui escrever uma linha sequer neste caderno. Não rola! Continuei no universo dos pedacinhos de papel. É onde cabem minha dignidade e poesia!

O QUE VOCÊ VAI SER QUANDO CRESCER?

Quando eu tinha dez anos, adorava brincar de bonecas. Naquela época, não existia a Barbie e eu tinha a Susi Faz-Pose; uma loura e outra morena. Tinha também uma bonequinha menor chamada Valentina. Passava as tardes, após a escola, costurando roupas novas para as bonecas.

Até pensei que eu poderia ser costureira quando crescesse de tantas roupinhas que eu confeccionava para elas. O modelito que eu mais gostava de fazer tinha como matéria-prima as meias três-quartos brancas que eu usava para ir à escola.

Confeccionava lindos tubinhos tomara que caia retirando o calcanhar das meias com a tesoura. Os pedaços restantes, eu ainda aproveitava para fazer pares de botas, costurando com uma agulha. Lindos chapéus também surgiam quando eu cortava um círculo de tecido, dobrava-o em dois e depois cortava a pontinha para encaixar na cabeça das bonecas.

Eu fazia desfiles, montava casinhas, distraía-me tardes inteiras. Aí está a receita para não pular uma fase tão importante na vida de toda menina. Eu vivi a época de brincar de bonecas e foi muito bom. Contudo, volta e meia, eu pensava em como seria quando eu tivesse quinze anos. E ficava me lembrando das meninas mais velhas da escola. Eu queria ser igual a elas. Desejava ardentemente que o tempo passasse depressa para eu chegar aos quinze anos, ficar mocinha e fazer as coisas que as mocinhas daquela época faziam.

O tempo passou, e eu cheguei depressa aos quinze anos. Frequento o clube, saio com as amigas, pego ônibus sozinha, estudo em outro colégio agora. Não sou mais criança, mas recebi a mensagem enviada pela menina de dez anos que brincava de boneca. Agora eu estou bem diferente dela, já não brinco mais com as Susis. Tenho outras ocupações e algumas preocupações. Eu cresci e meu corpo também se modificou. Mas vivo pensando em como serei aos vinte anos. Será que terei um emprego? Será que já estarei casada? Como será o rosto do meu marido? Será que terei filhos? Como serão eles? Estas eram as questões que, constantemente, permeavam meus pensamentos.

De repente, como que num lampejo, os meus vinte anos chegaram e aqui estou eu casada e grávida de meu primeiro filho. Muitas coisas aconteceram desde os meus quinze anos. Muitas pessoas passaram por minha vida e ela está muito diferente. Tudo se modificou, eu cresci mais ainda e, agora, outra vida cresce dentro de mim. As minhas preocupações se multiplicaram, as Susis já não existem mais, se perderam no tempo e o rosto do meu marido, agora, é bem nítido para mim.

Aos vinte e um anos, embalo meu primeiro bebê. É uma alegria sem fim. Somente, às vezes, eu me lembro de que já tive quinze anos e que já brinquei de bonecas. Mas onde elas estão? Agora, eu tenho um bebê de verdade para cuidar e trocar as roupinhas. Contudo, muito embora as bonecas se tenham ido, de alguma forma, ainda guardo em mim um pouco da menina de dez anos e muito ainda da mocinha de quinze. Talvez por isso pense, com estranheza, na balzaquiana, que provavelmente surgirá em mim.

Uma década passa depressa e olha eu aqui com trinta anos completos. Agora são dois os meus filhos, um lindo casal! Mas, por conta desta minha vida de executiva bem-sucedida, só tenho tempo para eles nos finais de semana.

São muitos os afazeres, as viagens, os congressos, as responsabilidades e os compromissos. Eu me desdobro para ainda conseguir estudar. E, apesar de toda esta turbulência, um pensamento, volta e meia, me assalta a mente: como estarei aos quarenta anos?

Desde os trinta, subi e desci muitas montanhas. Meus filhos ficaram adolescentes e agora já são adultos. Eu perdi muitas coisas preciosas, ganhei alguma experiência e já não sou uma executiva. A costureira jamais se manifestou depois da fase das brincadeiras com as bonecas. Muitas coisas se perderam no caminho, mas apesar de ter recebido todas as mensagens enviadas pela menina, pela adolescente, pela adulta e pela balzaquiana, não consigo me comunicar com elas. Elas se foram para sempre.

Talvez, ainda haja em mim outras mulheres, e eu fico muito curiosa pensando em como serei aos sessenta, setenta anos, se me for dado chegar até lá. Quais serão as minhas ocupações, meus planos. Espero ter muitos. Mas eu sei que estas mulheres já não estão tão distantes. Na verdade, sinto que elas estão muito perto.

Hoje, distante mesmo está a menina de dez anos, com quem, se me fosse dado falar, eu diria: brinca menina, brinca de boneca e não perca nenhum milésimo de segundo pensando em como será. Viva a fantasia, porque o mundo real, não tem jeito, ele vai chegar!

A magia da fantasia sempre dá lugar à mágica que é preciso fazer para viver no mundo real.

Tantas coisas eu queria ter feito e sido. Mas, talvez, estas coisas me tenham escapado, assim como as mulheres que viveram em mim. Entretanto, uma coisa nunca se perdeu no tempo: o sonho, a vontade de fazer planos e de realizar.

E, apesar de todo este percurso, de todas as experiências vivenciadas, uma pergunta ainda ecoa forte em meus ouvidos, desde o tempo em que meu universo era povoado pelas Susis, pelas passarelas e suas roupas de desfile: o que você vai ser quando crescer?

MUDANÇA

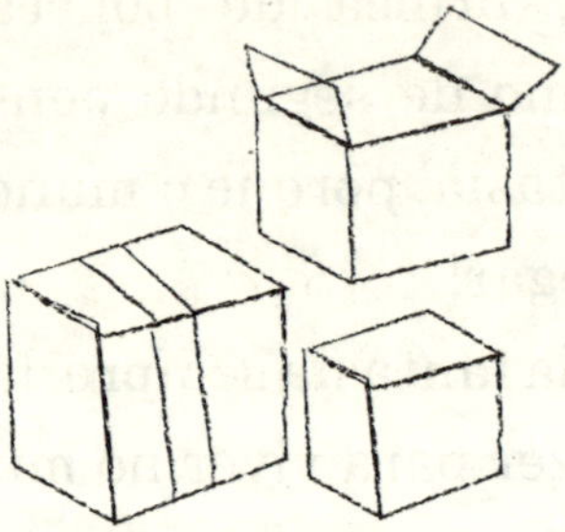

Mudei! Mas, pelo menos em essência, acho que continuo sendo eu mesma e, neste caso, não sei se dá para dizer "ainda bem", pois acredito que a mudança também da essência, muitas vezes, pode ser essencial.

Toda mudança pressupõe o caos, processo pelo qual acabei de passar, não ilesa, é claro, porque o caos nunca passa deixando incólume qualquer coisa ou pessoa alguma, sempre deixa tudo de pernas para o ar. Em qualquer situação, estressa, cansa, deixa marcas, seja na alma ou no corpo. No meu caso, hematomas pelo carregamento de caixas e gavetas pesadas, além de alguns tombinhos da escada doméstica, por subir nela com a tralha toda na mão. Não dá para o caos passar por nós sem nos envolver parcial ou completamente.

Por falar em tralha, como a gente junta coisa que não serve! Acho que aqui já podemos começar a encontrar alguns pontos positivos no meio do caos. Ele nos mostra o quanto nos cercamos, envolvemos e ocupamos com coisas sem a menor importância, ou seja, ele aponta direta e imediatamente para o que realmente é importante para nós, seja material, espiritual ou afetivo. Agora já começo a achar o caos necessário e até imprescindível.

Quanta coisa sem a menor utilidade me vi obrigada a descartar para não ter que levar "peso morto" para a nova moradia. Coisas empoeiradas, antigas, sem a menor serventia, mas que conservamos por pura conveniência. O caos é inconveniente, nos tira da zona de conforto, faz a maior "zona" em torno de nós e nos obriga, por razões diversas, a mudar de verdade.

O mundo é a nossa moradia, o caos nos cerca por toda parte impelindo-nos à mudança, muitas vezes, traumáticas, dolorosas, mas indispensáveis, porque é preciso mudar. Sempre implacável, caótico mesmo, o caos faz com que o evitemos, tentemos amenizá-lo, fujamos dele, mas ele sempre nos atinge de alguma forma. E, por mais incrível que isso possa parecer, ele sempre traz o seu lado positivo.

Depois de me desvencilhar de pilhas e pilhas de coisas que não serviam para mais nada e ainda ocupavam muito espaço em minha vida, comecei o serviço de embalagem dos pertences. Tarefa exaustiva, apesar da colaboração de valorosas ajudantes.

Nada ficou no lugar, tudo foi desacomodado, remexido, bagunçado, algumas coisas quebradas e perdidas. Tem coisa que até agora não consegui encontrar, objetos estimados, de valor não material, é claro, mas afetivo, que penso terem sido absorvidos pelo caos e jamais me serão devolvidos. O caos nunca passa sem ocasionar perdas.

Machuquei-me. Além dos hematomas, me cortei com um caco de copo quebrado, fiquei nervosa, dei "piti", me desequilibrei. Na tentativa de começar a colocar tudo no lugar, muitas coisas desabaram sobre mim.

Já na nova residência, curiosamente, descobri que eu trouxe ainda muita coisa sem serventia. Nova empreitada de seleção e descarte de tudo que não cabe mais no novo mundo.

Agora, as coisas já começaram a entrar no lugar, embora não tenha encontrado uma relíquia que guardava com muito zelo. Não adianta nada ser zeloso no meio do caos. Trata-se de um livro, *Bola de Gude*, de Leir Moraes, cuja leitura me foi passada como trabalho escolar em remotíssimos tempos e que me impressionou de tal maneira que o conservei até então. De alguma forma, o livro também fala de mudança, transformação e perdas. Coincidência ou não, ele está perdido e eu fiquei muito triste por isso.

As coisas já estão mais organizadas. O trapo agora aqui sou eu, que tive que tomar a frente de tudo na mudança. É claro que este fato não me passa despercebido. Sou eu que tenho que passar por isso, é minha responsabilidade. Contudo, apesar de estar me sentindo um trapo, como disse, sobrevivi para reorganizar a minha casa.

Quantos não sobrevivem ao caos?

Sou um trapo renovado, cheio de remendos, mas também de energias novas, apesar do cansaço.

Novos ares, nova atmosfera, novo ambiente, novas pessoas, jovens ou mais idosas, com as quais certamente aprenderei muitas coisas.

A palavra é essa: renovação, nova ação, nova atitude. Tudo isto está implícito, ou melhor, explícito, no processo de mudança e transformação. Esse é o lado positivo de que falava anteriormente.

Mudei. Mudei tudo de lugar, mudei de local, de residência, de ambiente. A sensação é um pouco de estranhamento no início. Meu mundo está diferente e isto me faz pensar em todas estas coisas que estão acontecendo e provocando profundas mudanças no Mundo, que é meu também.

Agora é a fase de adaptação, aliás esta é uma das características mais louváveis do Ser Humano: a capacidade de se readaptar.

Em essência, acabo por concluir, mudei também, porque nada se modifica externamente sem promover modificações no mundo íntimo. E o contrário também é verdadeiro.

No fim das contas, é o nosso mundo interior que também precisa estar em constante processo de reforma, até para que a crise possa ser encarada como um sistema natural de renovação pelo qual todos nós devemos passar. Da próxima vez, a bagagem estará bem maior sob este aspecto e muito, mas muito menor no sentido literal de "bagagem".

Próxima vez?! Tem uma coisa que me esqueci de mencionar a respeito do caos: de surpresa ou não, ele sempre retorna a nossas vidas, não uma ou duas, mas várias vezes, por isso, é preciso se preparar e encarar.

O saldo final, em qualquer experiência, será sempre o aprendizado.

CHEIRO DE BICICLETA

Comecei uma nova dieta. Este foi o motivo de minha entrada numa loja de departamentos, quando passeava no shopping. Lembrei de que precisava comprar barras de cereais.

De súbito, bem no meio da loja, enquanto procurava as inocentes barrinhas, fui avassaladoramente capturada por um cheiro. Um cheiro marcante que fez meu coração disparar e quase sair pela boca. Parei no meio da loja para ver de onde vinha aquele cheiro de borracha nova que há muito, muito tempo eu não sentia.

De repente, me peguei com o nariz pregado no pneu da bicicleta que estava exposta numa prateleira suspensa. Cena que, aos olhos de quem visse, poderia situar-se na linha que divide o estranho do hilário e eu ali, de olhos bem fechados me esticando toda para encostar as narinas no pneu da bicicleta, enquanto tudo desaparecia à minha volta: prateleiras, barrinhas de cereais, pessoas. Enfim, a loja toda desapareceu para dar lugar a outro cenário.

Surpreendentemente, me vi numa festa de Natal que, na linha do meu tempo, não sei precisar quando exatamente aconteceu, mas eu estava lá e podia ver e tocar a árvore de Natal e os presentes à sua volta, as pessoas, o ambiente, a decoração simples, a mesa com a modesta ceia; podia ouvir o barulho do lugar e sentir aquele cheiro que ficou guardado num cantinho do meu ser e que, quando menos esperava, me deu, com tanta realidade, acesso a tudo aquilo de novo.

Foi um dos mais importantes Natais de minha vida, porque ganhei o objeto de desejo de quase toda criança daquela época: uma bicicleta.

Como é incrível que a memória olfativa possa nos transportar no tempo e no espaço desta forma. Quando vi, eu estava ali, menina fascinada diante da bicicleta nova e aquele cheiro a entrar pelas narinas e a preencher toda a atmosfera.

Ali, descobri que a felicidade para mim tem cheiro, cheiro de bicicleta e também tem outro nome; a felicidade se chama bicicleta, simples assim.

Sobre duas rodas, ao comando de pedais e freios pode nos levar por todos os caminhos para conquista de um mundo inteiro, um mundo que é só nosso, todinho cuidadosamente construído de momentos como aquele meu Natal e como a experiência com a primeira bicicleta, que nos ensina, desde cedo, a nos esforçarmos ladeira acima e a nos comedirmos ladeira abaixo, além de termos um pouco mais de equilíbrio para não nos machucarmos, embora isso seja inevitável. E nos ensina ainda a soltarmos o freio quando é preciso avançar e a desviarmos dos obstáculos dos caminhos. O bom manuseio de pedais e freios é um grande aprendizado para a vida toda.

Um cheiro, um som, uma música pode nos transportar no tempo e nos fazer encontrar novamente conosco mesmos em outras circunstâncias. Assim, testemunhando as nossas próprias experiências, vemos o quanto aquela situação foi importante para a construção do nosso "eu", do que somos e das coisas com que realmente nos importamos.

Abri os olhos, a felicidade continuava lá, no mesmo lugar, suspensa na prateleira, exalando o seu inebriante cheiro. À minha volta, pessoas circulavam pelos estreitos corredores da loja, sem se darem conta.

Hoje, a gente a procura tanto em tantas coisas, em tantos lugares, complica e não encontra. Aquele cheiro no meio da loja me transportou, me fez reviver tudo aquilo novamente e ver como é tão simples ser feliz.

Para que barrinhas de cereais e tudo mais se eu estava plena? Não precisava de mais nada. Deixei tudo para trás e voltei para casa. Queria apenas fazer aquele momento perdurar.

MUSEU DE MEMÓRIAS

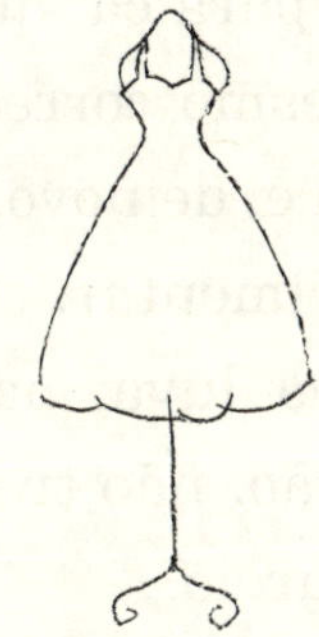

Não foi numa loja de grife, dessas superfamosas, onde reside o desejo de toda mulher moderna. Também não foi numa loja, dessas comuns mesmo de shopping, que exibem os mais variados atrativos ao universo feminino, mas num lugar quase insuspeito: uma feirinha de artesanato, dessas que vendem todo tipo de bugiganga.

Lá, onde foi encontrado, quase que por acaso, o vestido amarelo de crepe de seda, com delicado floral em tons de rosa, modelo frente única de amarrar no pescoço e saia rodada até o pé.

A intenção na feirinha não era a de comprar um vestido, até porque, estes lugares não têm cabines apropriadas para experimentar roupa. Eu nunca pensaria em comprar uma vestimenta numa feirinha de artesanato. Contudo, daquela vez, fui irremediavelmente escolhida por ele.

Andava para lá, para cá, quando via, lá estava eu, outra vez, no mesmo corredor do vestido; ia e vinha, entrava e saía e, de novo, lá estava eu diante dele. Resolvi experimentar. O longuete frente única caiu como uma luva, parecia ter sido feito sob medida. Alto verão, não tive dúvida: comprei o vaporoso vestido amarelo.

A cada verão, sempre lançava mão do modelito, que nunca ficava esquecido e também não saía de moda. Sua cor acendia minha pele e o tecido fininho e esvoaçante emprestava certa leveza à minha figura, além de ser superfresquinho e confortável no verão escaldante.

Já se passaram vários anos desde que adquiri o vestido na feirinha de artesanato e ele ainda existe, perfeito como no dia em que o comprei. Resolvi colocá-lo numa redoma após ter se passado comigo o seguinte episódio:

Numa bela manhã ensolarada, acabara de estacionar meu carro num grande e arborizado estacionamento da cidade. Caminhava eu, despretensiosamente, como "a deusa dourada", Afrodite, no vestido amarelo rumo ao meu destino, quando, sem que eu percebesse, fui capturada por um olhar que partia de dentro de um desses carros possantes.

O carro logo se fez notar ao parar bem ao meu lado. De dentro dele, um belo jovem sorridente abriu a janela como se fosse pedir uma informação. Eu, Afrodite solícita, logo retribuí o sorriso e me preparei para responder ao rapaz.

Qual minha surpresa, o jovem, que poderia ter pouco mais que a idade do meu filho, mostrando seus ofuscantes dentes brancos, me fez ouvir a seguinte frase: "você está linda neste vestido amarelo" e insistiu: "linda mesmo, parece uma visão". Com o coração em disparada, meio desconcertada, sem saber o que dizer, pensei rapidamente "acho que quem está tendo uma visão sou eu", mas logo, logo, me recompus ao perceber que estava olhando para o rapaz, por longos minutos, com cara de songamonga. Sabe aquele sorrisinho lacunar que deixa a gente com cara de boba?

Assim permaneci, sem saber o que dizer e ele, pacientemente, aguardava por detrás de seu cativante sorriso. Como sair daquela situação? Não poderia apenas dar às costas e ir embora depois de todo aquele educado elogio. Foi aí, para minha salvação, que me ocorreu dizer simplesmente "obrigada", a que o moço respondeu: "de nada, disponha".

Desci das nuvens e continuei caminhando como se ainda estivesse sobre elas.

Hoje, o vestido amarelo tornou-se mais uma peça no museu de minhas memórias, até porque, creio que não consiga mais entrar nele. Mantenho conservadíssimo o acervo do museu de minhas lembranças, onde exponho raras peças às minhas próprias emoções. São arcas com seus livros corroídos e louças quebradas, vitrolas cor de abóbora, discos arranhados, bonecas, casinhas e os mais diversos objetos antigos, como o vestido amarelo. Peças de valor incalculável.

Todas as peças de meu museu, apesar de pertencerem a universos distintos, têm uma coisa em comum: contam um pequeno pedaço de uma mesma história. É como se, juntando todas elas, fosse montado um grande quebra-cabeça em que seria possível vislumbrar o desenho perfeito de uma existência.

Deixando o jovem em seu carro possante para trás, continuei a seguir o meu destino, embora, naquele instante, ele tivesse sido indelevelmente modificado; estava mais ensolarado, mais dourado, mais radiante!

Como um elogio faz bem ao ego, não?! Há muito eu não ouvia assim uma lisonja gratuita, principalmente vinda de um gentil estranho, que captou, de alguma forma, a magia do vestido amarelo.

Se não fosse o vestido ter-me emprestado toda aquela luz dourada de Afrodite, certamente eu passaria despercebida, como pobre mortal, aos olhos do rapaz.

Por esta razão, tenho o hábito de colocar em redomas, as peças que representam valores em extinção no museu de minhas memórias. A redoma em que se encontra o vestido ensolarado no meu museu tem como legenda "elogio gratuito" e nele implícitos os conceitos de respeito e educação com que fui distinguida pelo prestimoso mancebo, coisa raríssima hoje em dia.

Ao jovem desconhecido e despretensioso do carro possante, que jamais voltarei a encontrar, só tenho a agradecer pela massagem no ego que faz tanto bem. Mas, acima de tudo, devo agradecer pela delicadeza e educação que deram um colorido ainda mais especial ao vestido amarelo, no qual permanecerão representadas para sempre no museu de minhas memórias.

NO MEU TEMPO

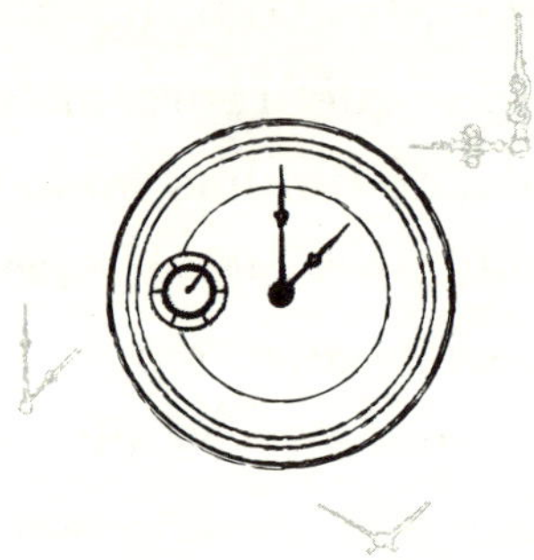

Eu fico imaginando Chaplin vivendo nos dias de hoje; Fernando Pessoa, em êxtase, diante de um computador, escrevendo o *Guardador de Rebanhos*; Clarice, sem a sua Remington mecânica sobre os joelhos, passando um torpedo para o Jornal do Brasil; meu avô tentando enxergar as teclinhas do celular para saber se a vovó já chegou ao consultório médico. Eu não consigo visualizar estas cenas, porque estes são seres inseridos em outros contextos históricos.

Será que Fernando Pessoa, com sua mente radiante, algum dia pensou que poderia armazenar seus textos na memória de um computador? Ou até mesmo que pudesse existir um equipamento tecnológico que permitiria isso? Meu avô nunca ouviu falar em telefone celular, nem eu quando era criança e corria pelo quintal da casa dele. Naquela época, ele me dizia: "antigamente, tudo era diferente" e cantarolava: "Oh! Antiga, antigamente. Oh! Antiga, antigamente, se a mulher cruzava as pernas diziam que era indecente!". Eu ficava imaginando o absurdo de se achar indecente a mulher que cruzava as pernas, algo tão normal no meu tempo. Penso, então, em como seria a cena de meus bisavós assistindo a um desfile de escolas de samba. Ficariam horrorizados!

Eu mesma acredito já estar vivendo outro contexto, já me considero um ser fora do tempo, porque no meu tempo, assim como no do meu avô, tudo era muito diferente.

Quem está fora do tempo usa muito esta expressão "no meu tempo..." e por isso, também, tanta dificuldade das pessoas mais velhas em lidar com a modernidade, novas tecnologias, assim como com os novos padrões de relacionamento, seja entre pais e filhos, namorados, cônjuges e etc.

A modernidade faz com que novos padrões de educação e relacionamento surjam.

A falta de tempo faz com que ele seja utilizado de outra maneira, muitas vezes de várias maneiras ao mesmo tempo e, assim, diversas coisas ficam para trás porque não dá tempo. Às vezes, coisas muito importantes.

Também fico imaginando como será o tempo dos meus netos e das gerações futuras. Todas estas evoluções tecnológicas parecerão obsoletas, e eu, assim como Fernando Pessoa, talvez não consiga imaginar coisas, mentalidades e padrões de comportamento que existirão corriqueiramente num tempo futuro e que hoje ainda nem se suspeita o que poderá ser.

Houve uma época em que o tempo era meu, quando eu me achava perfeitamente inserida no mundo. Atualmente, vivo tentando compreender que mundo é este, tão diferente.

Antigamente, a gente esperava ansiosamente no portão o carteiro passar para ver se tinha correspondência. Hoje, o portão foi substituído por portaria e o carteiro virou uma espécie de Papai Noel, que ninguém consegue ver passar, mas ele ainda existe (o carteiro), embora, em se tratando de modernidade, não se saiba até quando.

Por falar em Papai Noel, no meu tempo... Mas essa é outra história.

A juventude é dona do tempo em que a beleza, a fantasia e a ilusão imperam; um tempo em que a velhice e a morte não existem. Eu sei porque já estive no tempo, agora estou fora dele, talvez, por isso, muitas coisas me choquem em relação às coisas do tempo atual.

Esta relação entre dentro e fora, fora e dentro, o que está inserido, o que não está, o que contém, o que está contido, além de nos remeter a questões matemáticas, pode nos trazer profundas reflexões, mas isso também é assunto para outra oportunidade.

Acredito que o lugar, para onde vão todas as coisas que estão fora do tempo, seja uma espécie de limbo em que o cenário, a trilha sonora, a linguagem, os personagens e a mentalidade são outros.

Por exemplo: eu sou do tempo em que se a mulher perdesse a virgindade, antes de se casar, era considerada indigna, rejeitada pela sociedade, pela família e pelos outros rapazes. Hoje, não dá nem para acreditar que isso existiu.

As moças virgens, atualmente, é que estão fadadas ao limbo. As que, por ventura, subsistirem são ridicularizadas, discriminadas e consideradas fora do tempo.

Elas se misturam a eletrolas, long plays e diversos discos de vinil, fitas cassete, VHF, máquinas de datilografia mecânicas, elétricas, eletrônicas e outras quinquilharias para as quais, volta e meia, se descobre alguma serventia, ainda que meramente decorativa.

Muitos tentam fugir do limbo para se inserirem no tempo novamente, através de inúmeros recursos, mas esta é apenas mais uma ilusão, pois o tempo, senhor do destino, deixa a marca na pele de seu rebanho. Quanto mais marcado, mais é possível distinguir a que tempo se pertence.

Quem não possui marcas, ainda está no tempo em que acreditamos ser o senhor de todos os tempos. Esta ilusão é doce enquanto vivida, mas, quando passa, azeda, amarga mesmo.

O tempo tem esta peculiaridade: pertence a determinadas pessoas e outras são possuídas por outros tempos que apenas deixam algum vestígio na história.

Viver fora do tempo tem as suas vantagens: não se fica sujeito ao seu ditado de regras, por isso, no limbo, é possível colocar um long play no gramofone ou na eletrola e curtir livremente um som de outro tempo. Ninguém estranha o jeito que você dança, nem repara como se veste. Todos estão do lado de fora, olhando o tempo passar na janela.

Quem está no seu tempo, não vê o tempo passar, ou melhor, quando vê, já passou.

Aí eu me pergunto: é melhor estar dentro ou fora, pertencer ou não pertencer, possuir ou ser possuído? Tudo a seu tempo.

No limbo, posso encontrar Chaplin no cinema mudo; Fernando Pessoa e sua importante *Mensagem*; meu avô usando suspensórios e falando "por obséquio", meio desconcertado, no orelhão da esquina; paninhos de crochê feitos pela minha avó, num tempo em que ela passava horas, que não passavam, tecendo com agulhas na varanda; meu sogro construindo carroças; minha sogra com o umbigo encostado no fogão à lenha; o disco em que a Ternurinha cantava "Por favor, pare agora, senhor juiz...", os Carpenters com "Please, Mr. Postman..."; meu pai cantando "Boemia, aqui me tens de regresso..." e o varal de roupas branco de fraldas de pano estendidas ao vento, exalando aquele delicioso cheiro de roupa limpa.

No meu tempo, a gente parava para sentir o cheiro do tempo e dava tempo de sobra. Se o tempo era de chuva, o cheiro de terra molhada e de erva verde enchia nosso coração de uma alegria que simplesmente não dá para descrever. Se o sol brilhava, variados cheiros tomavam conta da atmosfera iluminada.

Todas estas coisas parecem estar fora do tempo, como eu, mas só de lembrar meu coração vibra e explode em delícias.

O passado tem o futuro como único herdeiro, embora o futuro muitas vezes rejeite o passado.

O alicerce é o passado que sustenta a torre que se ergue nas alturas.

Agradeço a herança deixada por notáveis como Chaplin, Pessoa, Clarice, inumeráveis cientistas, meus avós, dentre tantos outros.

Ontem, não era possível imaginar tantas coisas que existem hoje e amanhã, com certeza, será possível fazer proveito, de forma decisiva, de muitas coisas que acontecem e surgem hoje. Por isso, apesar da estranheza de quem está dentro ou de quem está fora, não dá para rejeitar. Nada se perde, tudo se... (obrigada por completar).

No meu tempo, fui muito feliz com tudo que era peculiar a ele. Atualmente, eu, que adoro quinquilharia, creio ser muito mais feliz ainda por tentar assimilar as coisas da modernidade, mas, sobretudo, por poder partilhar, com quem quer que cruze meu caminho, a qualquer tempo, as melhores coisas que vivo e vivi.

MEU PORÃO

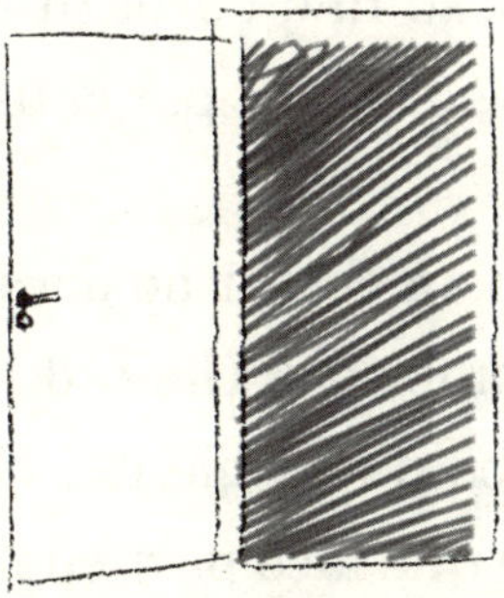

Às vezes, é necessário entrar no porão para ver o que anda esquecido por lá.

O meu porão está cheio de coisas que eu nem sabia existir, porém fui eu mesma que as deixei ali. O acúmulo me obrigou a descer ao porão, porque, sem perceber, fui jogando muitas coisas e elas foram ficando umas por cima das outras, abarrotando o espaço e tornando difícil encontrar o que é preciso, mesmo o que seja impreciso.

Tarefa árdua a de entrar no porão e ter que se deparar com coisas até desconhecidas ou irreconhecíveis. Mas é preciso descer ao porão, remexer tudo, olhar para todas as coisas que lá se encontram, com o objetivo de lhes dar o devido destino. Tem coisas que, não têm jeito, vão ficar no porão. Um dia será preciso lançar mão, nem que seja para jogar no lixo.

Meu porão tem chão e teto, tem dimensões e referências, por isso não dá para se perder, apesar da dificuldade de se achar, por causa do entulho que transborda.

Não é muito bom entrar no porão, porque é empoeirado, escuro, sombrio e cheio de habitantes peculiares a estes tipos de ambiente. Contudo, é preciso ter consciência de que faço parte dele. Tudo que ali se encontra pertence a mim, ao meu passado, aos meus antecedentes, à minha história. Tudo está relacionado.

O interessante é que escondemos, às vezes até sem nos dar conta, coisas preciosas no porão. Eu me surpreendi ao encontrar lá verdadeiras joias.

Enquanto tateio e tento me equilibrar caminhando entre objetos, teias e insetos, que amedrontados, fogem e se escondem entre as quinquilharias, deparo-me com uma máquina de coser antiga da minha avó que, com toda certeza, fez muitas costuras e remendos antes de vir parar no porão. É engraçado falar "coser", no meu porão encontro estas palavras.

Foi providencial encontrar a antiga máquina da minha avó, talvez precise recuperá-la e colocá-la para funcionar, pois ainda há muitas coisas que preciso costurar e remendar.

Por falar na minha avó, ela adorava roseiras. Cultiva-as com muita dedicação no jardim de casa. Todos os dias, ia olhá-las, conversava com elas, que cresciam viçosas e retribuíam num desdobrar lento e perfeito de pétalas, desabrochando em verdadeiras obras de arte em forma de rosa. Isso fazia minha avó feliz.

Eu achava esquisito minha avó comprar minhocas e cocô de cavalo no carroceiro para colocar nas roseiras.

Minha avó faz parte do meu porão. A antiga máquina de coser empoeirada me fez encontrá-la com suas roseiras. As minhocas fazem bem para as roseiras, servem de adubo. Sem elas, a terra não respira e as roseiras não crescem como deveriam.

Encontrei também uma enxada enferrujada. Ela pertencia ao meu avô. Eu achava engraçado o meu avô trabalhar no banco de carpinteiro, tendo um lenço de bolso na cabeça com nozinhos nas quatro pontas. Ele dizia que era para se proteger do sol. Era ele que, com a enxada, cavava buracos no jardim para colocar as minhocas nas roseiras de minha avó, sempre com o lencinho engraçado na cabeça.

O banco de carpinteiro também será recuperado, utilizarei em minha oficina de versos.

Até me esqueço dos insetos e bichos que moram em meu porão, ao encontrar o lenço amarrado nas quatro pontas, que pertenceu ao meu avô.

Este lencinho amarrado é uma preciosidade. Traz cheiro de sol, suor e rosas. Traz cheiro de infância ao meu porão, renova a atmosfera e faz meu coração bater acelerado de felicidade. Diante do lencinho, é como se eu visse meu avô encurvado ao redor das roseiras, sob a rigorosa inspeção do par dos inesquecíveis olhos azuis da minha avó. Este olhar ilumina o meu porão.

Dia desses, fui surpreendida pela pergunta de um menino lá da comunidade: "Tia, na sua casa tem piscina de chão?". A princípio, não entendi muito bem o que seria uma piscina de chão, mas logo me veio à mente os banhos de mangueira na biquinha do jardim da minha casa de infância.

Muitas vezes, me peguei imaginando o espaçoso retângulo em que minha avó cultivava suas roseiras transformado em uma maravilhosa piscina. Logo, então, compreendi o que quis dizer o menino de sete anos. Para ele, piscina de chão significa não ser de plástico. Assim como eu sonhava em transformar o canteiro de minha avó em piscina, ele também sonhava em trocar a velha piscina de plástico para entrar, pela primeira vez, numa piscina de verdade. O menino da comunidade, com sua singela pergunta, nem imaginava que me faria encontrar a minha piscina de chão. Embora ela nunca tenha existido de verdade, apenas nos desejos e sonhos de menina, pôde agora ser recuperada em meu porão.

Tudo isso me fez decidir uma coisa inusitada, muito inspirada pela máquina de coser de minha avó e pela enxada enferrujada de meu avô, que também será recuperada para cavar um buraco no chão do porão, ali, bem no meio de todas as coisas, onde plantarei uma roseira. Não vou precisar comprar minhocas, elas já existem por lá, são bem-vindas para a roseira que vai brotar.

A roseira será uma grande referência no meio do porão. O lencinho de meu avô com seu cheiro de infância e a luz dos olhos azuis de minha avó arejam, renovam a atmosfera e iluminam o ambiente onde verei crescer minha roseira.

Não sei por que resolvi entrar no porão. Nem pensar em fazer faxina geral! É impossível. Apenas rever o que lá existe, mudar algumas coisas de lugar, arejar o ambiente e saber que, de uma forma ou de outra, incomodando ou trazendo gratas lembranças, tudo o que ali se encontra é meu. Portanto, tenho plena liberdade para lidar com todas aquelas coisas, dando-lhes bom destino e modificando o ambiente da forma que me aprouver.

Escolhi manter o porão intacto, sem jogar nada fora e aprender a lidar com a penumbra, com as sombras, com os bichinhos, com a poeira e, em meio a tudo isso, descobrir tesouros impagáveis, que tornam o meu porão um lugar de lembranças e transformação, mas, sobretudo, um lugar de recuperação.

OS BUGS DO CALENDÁRIO MAIA

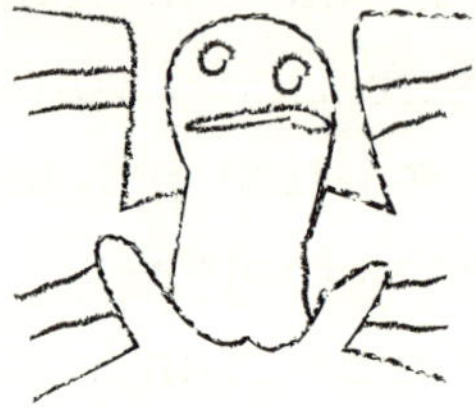

Era para ser apenas mais um inseto, destes que a gente esmaga com o chinelo. Mas não, todas as luzes dos holofotes do mundo se viraram para ele, que se transformou no mais famoso invertebrado do Universo. Não é pouca coisa, não. Não é da hora, mês, ano, década ou século, é do milênio. Mais conhecido por um nome que nem faz parte do nosso vocabulário, pelo menos não fazia. Quem não ouviu falar no *bug* do milênio? O estrago que este bichinho desprezível causou foi muito maior pelos boatos e especulações pré-virada do milênio, que propriamente pelo que aconteceu de real com a entrada do ano dois mil.

Agora o papo já é outro. O *bug* agora somos nós, que viramos uma espécie de parasita planetário a ameaçar a harmonia, estabilidade e sobrevivência do planeta.

Parece que esta é a profecia que está causando pânico coletivo desta vez. De acordo com o calendário Maia, o fim do mundo chega no ano dois mil e doze.

Parece incrível que, de ameaçados pelo *bug* do milênio, passamos a ser o próprio *bug* a ameaçar os milênios porvindouros do planeta, que já reage de forma mais que ostensiva contra esta infecção.

Pensando desta forma, comecei a me imaginar como um *bug,* um inseto insignificante, mas ameaçador (e ao mesmo tempo ameaçado).

Isto dá para refletir muito. Será que eu sou uma praga do planeta? De que forma eu contribuo para que a profecia dos Maias se concretize, mesmo que não seja em dois mil e doze?

O *bug* do milênio e todas as profecias relacionadas ao final do século XX estavam vazias de fundamentos, mas tiveram consequências.

Eu considero interessante essa ótica que nos faz ver a nós mesmos como *bugs,* isso sim traz consequências desastrosas e nos coloca mais no papel de ameaçadores que de ameaçados, embora devamos entender que quanto mais ameaçadores, mais ameaçados estamos. Também me faz lembrar do filósofo inglês Thomas Hobbes com “o homem é o lobo do homem”.

Na verdade, à medida que o tempo passa, tornamo-nos mais ameaçados, que ameaçadores, em função do aparecimento das consequências de nossas ações.

Creio que os holofotes do mundo, em vez de focar *bugs* virtuais, boatos e profecias, devem colocar cada um de nós no foco da questão. Este é um exercício que pode contribuir bastante para o esvaziamento de profecias e boatos sem fundamentos, para colocar uma lente de aumento sobre a verdadeira e única questão que realmente ameaça a nossa sobrevivência sobre o planeta: nós mesmos.

Pensando desta forma, encontraremos a verdade do vazio, já que todo boato tem um fundo de verdade, mesmo que seja um "fundilho", o qual deve ser o nosso objeto de pesquisa e preocupação e não o boato em si.

Assim, nos preocuparemos menos com boatos e profecias, para refletir mais sobre nossas próprias atitudes ou falta delas, o que, aliás, pode trazer consequências muito mais ameaçadoras que um simples inseto no sistema.

A gente não gosta de se identificar com insetos, estes seres invertebrados e asquerosos, não é verdade? Mas talvez a profecia dos Maias não se concretize nem em dois mil e doze, nem em ano algum, se não abandonarmos a postura parasita em relação ao nosso planeta.

Apenas boato ou apresentando um fundo de verdade, estas profecias sempre têm algum efeito, mas, acima de tudo, servem para mostrar a nossa puerilidade diante de assuntos que nos fogem à compreensão. Por outro lado, também evidenciam nossa comodidade, nosso lado parasita, em relação a assuntos que já podemos compreender e, mais ainda, ampliam nossa visão para conseguirmos enxergar o mais difícil de tudo: o quão pequenos somos e o quanto ainda precisamos crescer para termos maturidade suficiente no tratamento de assuntos relevantes, com ideias relevantes, deixando medos injustificáveis de lado, para encarar as questões com menos infantilidade e mais amadurecimento.

Se ampliarmos a nossa ótica, veremos que, em relação ao nosso planeta, na condição atual, não passamos mesmo de pequeninos *bugs* causando inúmeros erros no sistema (acho que dá até para dizer Solar) e neste caso, não é preciso profecia.

O que se faz realmente necessária é uma conscientização de nosso papel enquanto cidadãos do Universo, a fim de que possamos atravessar os milênios, de geração em geração, deixando sempre um legado de profundo respeito ao mundo que é a casa da Humanidade. Afinal, somos humanos ou não?

Diante de qualquer boato ou profecia, não há o que temer, se tivermos em mente que não queremos ser *bugs* a provocar erros no sistema. Também não queremos ser hipócritas do "eu faço tudo certo, o outro é que faz errado". Entre erros e acertos, existe um *gap* que eu daria o nome de zona de reciclagem, não sei bem se é isso, mas adoro esta palavra! É onde a gente aprende a noção de que tudo presta, tudo serve, tudo tem seu valor, tudo cumpre uma função. Neste hiato, a gente faz a "repescagem" e dá novas funções para hábitos antigos, sacode a poeira de atitudes enxovalhadas, renova pensamentos arcaicos, reconhece posturas tacanhas e outras que a gente nem imaginava existir.

É neste espaço que a gente sai do horizonte simplificado do sim e do não, para ter visões muito mais amplas, inclusive sobre parasitas e profecias.

É exatamente neste espaço, após percorrermos infindáveis idas e vindas de um lado para outro sem sair do lugar, que finalmente podemos alcançar alguma coisa importante para nós mesmos e para o mundo. Só então, e este já é um primeiro passo, reconheceremos, sem asco, o parasita em nós.

POR QUE MARES NAVEGO EU?

Será que o Hubble, o Discovery, dentre outros satélites, ônibus, sondas, naves e afins enviados ao espaço, não poderiam ser uma versão muito, muito evoluída de Santa Maria, Pinta e Nina?

Será possível traçar um paralelo entre o período das grandes descobertas astronômicas dos séculos XX e XXI e as conquistas realizadas com as grandes navegações dos séculos XV e XVI, quando "da ocidental praia Lusitana" já se lançavam ao mar os portugueses para explorar novas terras e caminhos?

Em relação às inumeráveis galáxias descobertas a cada dia, poderia a Terra, antes considerada centro do Universo, ser comparada ao velho mundo europeu, de onde partiam exploradores e onde nem se imaginava existirem outras terras habitadas no planeta? Sem falar em tempos mais recuados ainda em que se discutia seu formato ou se ele se movia. Cabeças rolaram!

Com a descoberta do novo mundo, muitos dos europeus que passaram a aqui viver esperavam três, quatro, às vezes, seis meses para receber uma missiva d'além mar. Hoje é possível apertar um botão e falar com astronautas que navegam pelo espaço sem fim.

Com tanta evolução será que o Hubble, o Discovery e congêneres seriam as caravelas espaciais do nosso século a descobrirem muitos outros novos mundos?

Os anos, as décadas vão fazendo o seu trabalho lento, mas nada sonolento. À medida que passa o tempo, seus rumores alardeiam até os menos crentes. De conquistadores de mares e terras nem tão, tão distantes assim, tornamo-nos conquistadores do espaço cheio de enigmáticas esferas brilhantes que rodopiam sobre nossas cabeças, viajando bem para lá de onde a imaginação pode chegar.

Mas a pergunta para a qual busco incessantemente resposta é: onde nos encaixamos entre mares e estrelas no correr dos séculos e de exorbitantes órbitas indescritíveis descritas por sóis descomunais frente aos quais a Terra desaparece feito poeirinha invisível no ar?

Em meio a tantas descobertas, diante de toda esta turbulenta travessia, vou daqui, muitas vezes a duras penas, na minha pequenez, tentando conquistar o meu espaço.

O interessante é que no meu espaço coabitam caravelas, espaçonaves, terras, mares e estrelas ofuscantes, mas, apesar disso, constato que as conquistas íntimas ainda são muito mais difíceis.

Eu navego mares de um século em que sedutoras revoluções tecnológicas conduzem a infinitas distâncias cada vez mais reduzidas, embora, em termos interpessoais, elas pareçam estar infinitamente mais alargadas.

A lua, que já foi deusa inatingível, fica logo ali na esquina, o meu vizinho de porta, nem sei quem é e muitos de nossos filhos moram num planeta que é só deles, a portas fechadas, não raro, de dificílimo acesso.

Navego por mares nunca dantes navegados na "infomaré", explorando e fazendo incríveis descobertas. Mas, apesar disso, ainda não consegui conquistar a minha esfera e nela incluindo a que fica bem sobre o meu pescoço, o meu planeta íntimo, os meus desejos, anseios, ambições e pensamentos.

Será que, para tanto, precisarei mandar construir naves e navios e contratar cientistas, astrônomos e exploradores? Os últimos não precisam ser contratados, aparecem voluntariamente. É preciso ter cuidado!

Penso que o trabalho individual é muito mais difícil!

Isso acontece porque é preciso seguir a lei inteligente que revela a universalidade do indivíduo, mas essa é uma árdua conquista da humanidade. Por enquanto, orbitamos em volta do próprio umbigo.

Apesar das conquistas realizadas desde as grandes navegações até as incessantes descobertas do espaço sideral, ainda encontramos dificuldades em conquistar a galáxia familiar e as cabeças que, como a minha, por ela orbitam.

Existe uma correlação poderosa entre o que foi e o que virá a ser, mas como indivíduos, em meio a tudo isso, muitos de nós ainda somos náufragos, buscando uma tábua de salvação porque ainda não conseguimos entender e muito menos conquistar o que somos em essência.

Antes navegando horizontalmente mares desconhecidos, hoje lançando-nos verticalmente ao espaço infinito, ainda nos encontramos acuados naquele cantinho que marca o encontro exato entre a Terra e o Céu, sem saber exatamente onde nos situamos.

Eu também procuro sair da órbita do próprio umbigo e fazer alguma coisa não só pelo meu planeta íntimo, mas também, ainda que timidamente, pelo meu planeta morada.

Enquanto naves, sondas e foguetes rasgam os céus, para lá e para cá, em busca de não se sabe ao certo o quê, em terras nem tão, tão distantes assim, seres esquálidos, com a cabeça que parece um planeta gigante, olhos encovados, esqueleto à mostra, verdadeiros ETs, nem suspeitam ter o Homem chegado à lua. Talvez estes seres ainda nutram (e é até engraçado usar o verbo nutrir neste caso) alguma esperança de serem encontrados por alguma caravela, possivelmente Santa Maria, Pinta ou Nina, ainda tão, tão distante, que nem se consegue vislumbrar no horizonte.

As grandes conquistas tecnológicas entre a Terra e o Céu me parecem de suma importância, mas completamente contraditórias diante das misérias do mundo.

Em face de tanta evolução e progresso que remontam o fogo, a roda, a pólvora, a bússola, até a conquista do espaço, é difícil encontrar alguma tecnologia ou grande descoberta que explique o porquê da grande fúria do mundo.

DEPOSITE SEU CURRÍCULO AQUI!

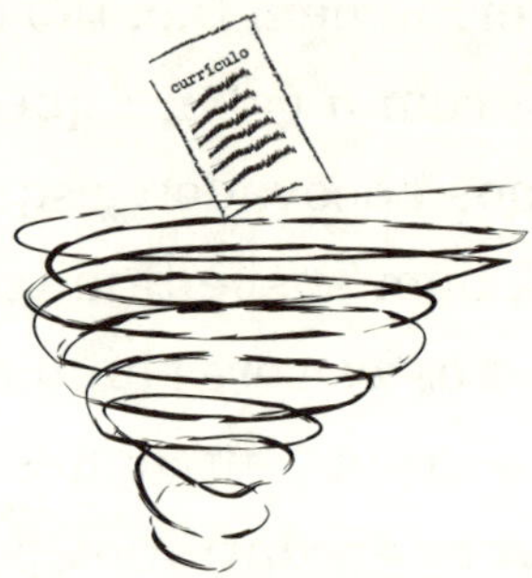

Alice caiu no buraco.

Um buraco é algo que se cava com uma pá, uma enxada, escavadeira ou alguma coisa que se vai construindo ao longo do tempo, por erosão, ou falta de manutenção, por exemplo. Mas há buracos para cuja existência simplesmente não tem explicação, pelo menos plausível.

Alice teve uma queda longa e vertiginosa num buraco muito profundo, após ser intensamente perseguida, não por um, mas por vários coelhos ligeiros e sabidos. Lá encontrou uma realidade diferente.

Sem saber ao certo como agir, acabou deparando-se com uma placa pendurada numa porta, diante da qual se tornava muito pequena.

Alice estranhava como funcionavam as coisas na nova realidade. Em outros tempos, haveria uma pessoa atrás da porta. Alguém que orientaria e encaminharia. Na nova realidade, apenas uma enorme porta trancada com uma placa pendurada informando: "Deposite seu currículo aqui!". Alice depositou, deixando-o deslizar buraco abaixo para dentro da urna, mas jamais recebeu qualquer notícia a respeito.

A realidade transformada do buraco fez Alice entender que deveria adotar nova conduta diante das situações para encontrar o caminho de saída.

Em vez de bater de porta em porta com placas semelhantes a que encontrou, passou a utilizar-se da tecnologia disponível no buraco para achar outras direções, mas não conseguiu enxergar o caminho.

Fora do buraco era preciso ser jovem, dinâmico e também ter visão. Àquela altura, depois da longa caminhada e repentina queda, estava cansada e precisava de óculos. Seria difícil sair do buraco.

Mesmo assim, Alice não desanimou, continuou sua busca. Além disso, havia algumas oportunidades no buraco, aqui, ali e acolá. Alice confeccionou lindos chapéus, de vários tamanhos, formatos e cores, com tipos diversos de ornamentos e design arrojado. Um convite à elegância no buraco.

Havia, porém, outros chapeleiros muito mais experientes e influentes no mister de agradar aos exigentes reis e rainhas de dentro e de fora.

Como queria manter o seu pescoço preservado, antes que ordenassem "cortem-lhe a cabeça", ela tratou de alcançar outras portas, mas decidiu não mais depositar seu currículo, nem usar as tecnologias. Uma enxurrada, entretanto, arrastou tudo água abaixo.

Alice adoeceu. Tomou todo o conteúdo do vidro que estava sobre a mesa, todavia não conseguiu recuperar sua estatura e posição para continuar procurando a saída.

Há os que, para se protegerem, perdem a dignidade, olham com a cara do gato sorridente, mentem e vão empurrando cruelmente, muitas vezes em seu próprio lugar, inúmeras desavisadas Alices buraco abaixo, almejando a posição e o poder de reis e rainhas despóticos. Eles que se cuidem!

Entretanto, nesse movimento doentio, acabam, sem jamais imaginarem, que estão prejudicando a si mesmos, sendo obrigados a abandonar suas metas e objetivos implacáveis para tentarem uma possível cura.

Existem muitas perseguidas Alices que caem no buraco, após os maus-tratos de reis e rainhas impiedosos. Sofrem, mas precisam achar o caminho de volta a qualquer custo para cuidar de sua sobrevivência. Algumas encontram o caminho, outras vivem sucessivas quedas buraco abaixo. Muitas, por conta do estresse, sucumbem em hospitais esburacados, mesmo após tomarem todo o líquido do vidro que, nestes casos, nunca será suficiente.

Há, ainda, as Alices que vivem à beira do precipício, se segurando como podem, muitas vezes, a duras penas, para não despencarem. É provável que, se se deixassem cair, tivessem mais chances de sobrevivência.

Para Alice, havia duas opções: continuar buscando atalhos e caminhos a fim de encontrar a saída, com óculos cada vez mais potentes, o quê, possivelmente, dificultaria ainda mais, ou tentar sobreviver no buraco.

Foi preciso um longo e duro caminho para que Alice percebesse que o buraco, muitas vezes, pode ser infinitamente melhor. Talvez o buraco seja menos cruel. As Alices, vitimadas pela queda, aprendem a sobreviver e os outros, talvez mal sobrevivam.

Alice há muito já não pensava em sair do buraco. Acostumou-se com ele. Não saberia mais viver fora dele, dentro de outras realidades, muitas vezes, bem mais surreais que a do buraco.

Às vezes, somos levados a acreditar que estamos por dentro. Se bem que, dependendo da perspectiva, seja difícil definir o que é dentro e o que é fora.

Sentada na escrivaninha com uma caneta na mão, refletindo sobre o que é dentro e o que é fora, diante do espelho pendurado na parede, vejo-me Alice tentando escrever minha sobrevivência.

UM VULTO

Avisto, lá longe, arrastando-se pela sarjeta, na contramão, um vulto disforme, que me desperta a atenção, pois não distingo, ao certo, o que pode ser.

O vulto se locomove malemolente, meio esvoaçante, como se fosse alçar voo a qualquer instante. Não parece humano. Tem um formato estranho. Detenho-me para vê-lo se aproximar lentamente, cambaleante, com uma cadência diferente em seu movimento meio manco.

Todo mundo já viu ou pensou ter visto um vulto qualquer e fica aquela dúvida: era verdadeiro ou apenas ilusão?

Penso, a princípio, ser uma ilusão de ótica ou talvez o resultado de minha incurável miopia. É possível que aquilo nem exista. Fico parada no acostamento, dentro do carro, com o meu inseparável e imprescindível celular na mão, esperando, provavelmente, testemunhar algo do outro mundo.

Tenho medo, mas a minha curiosidade é maior e a possibilidade de ser enganada pela miopia me consola. Talvez não seja nada. Provavelmente, a minha deficiência visual esteja distorcendo algum animal.

Aquilo, seja o que for, continua se movimentando dificultosamente, ainda distante, em minha direção. Aproxima-se pouco a pouco em seu movimento que pende para um lado.

Estou curiosa. Preciso ver do que se trata. Decido aguardar.

A certa altura, consigo vislumbrar algo que me parece meio transparente em torno do vulto disforme. Demoro-me apertando as vistas para ver se distingo o vulto, enquanto carros passam em alta velocidade por mim e, mais adiante, por ele.

Será que ninguém o vê?

É noite. Eu estou parada no acostamento. Quero observar com detalhes aquilo que se aproxima. Já consigo verificar que tem uma cor esbranquiçada. Fecho a janela do carro e me agarro ao celular, sem o qual não sobrevivo.

De vez em quando, o vulto esvoaçante e esbranquiçado dá meia parada, demora-se um pouco para depois continuar se movendo capenga.

A coisa está mais próxima. Apesar de esquisito, há algo de humano naquilo, que mal posso esperar para ver o que é.

O vulto continua devagar, esbranquiçado, meio transparente, esvoaçante e coxo. Aproxima-se lentamente, mais e mais. E eu olhando fixamente. Não é ilusão de ótica. É algo de verdade.

Quando o vejo quase diante de mim, percebo que sua verdade é grande. Muito maior que a minha, embora seja invisível aos olhos do mundo.

É humano, agora me certifico, apesar de não parecer. Vejo-o bem de perto. Ignora-me enquanto o observo interromper, mais uma vez, sua lenta e cambaleante caminhada para revirar calmamente uma lata de lixo e depois retomá-la mastigando algo.

Sinto-me envergonhada por escolher o menu e, não raro, reclamar por não estar a gosto.

O homem manca por causa de uma das pernas muito inchada. Nela carrega amarradas inúmeras sacolas de supermercados meio avermelhadas pelo sangue ressecado.

O restante do corpo está também cuidadosamente coberto com as sacolas esbranquiçadas e transparentes com milhares de pontas esvoaçantes. Os braços, pernas, abdômen e a testa estão completamente envoltos pelas sacolas que ele vai acrescentando ao seu corpo, uma a uma, com nós bem apertados.

Aquele ser branco, esvoaçante, me parece agora um anjo, que ninguém vê. Ele não tem celular, apenas reúne o que pode como querendo agregar alguma coisa ao seu ser: sacolas amarradas umas por cima das outras.

Ele é muito maior, mais resistente, mais forte, mais digno que eu, pois conhece a vida real. Eu sofro por coisas supérfluas. Ele não sabe o que é isso, nem conhece esta palavra. Supérfluo é uma palavra bonita. Ele não carece de palavras, nem de beleza. Beleza e tudo mais é supérfluo, como as palavras.

Segue paciente seu caminho sem destino. Seu caminho, em direção oposta, cruza o meu. Ele não me olha, mas vejo que percebe a minha presença. Quem se importa? Para quem já se acostumou a ser invisível, a presença não tem a menor importância. A ausência já está instalada e completamente aderida àquele ser que não precisa de nada. Eu preciso.

Envergonhada por sentir um misto de receio, medo e impotência, percebo que aquele desprezado espantalho é muito mais importante que eu, porque não sente medo, nem receio de nada, enfrenta as agruras de sua condição sem reclamar.

Por um instante, invejo sua resistência à infinita crueldade do mundo, que fez deste esfarrapado ser, um gigante da sobrevivência e de mim uma morta sem meu mísero celular multifunções.

Eu, na minha fragilidade, me rendo às exigências e crueldades do mundo. Ele, forte, as enfrenta e segue adiante seu caminho.

Ele importa; eu sou apenas mais uma que vive de ilusão. Ele, mendigo do corpo; eu... falta alma em mim.

Ao assistir àquela cena diante da lixeira, agarrei minha carteira e dela retirei uma nota de cinco reais. A esta altura, o homem esfarrapado já ia mastigando à pequena distância, voltando, aos poucos, a ser apenas um vulto esvoaçante disforme.

Com a nota na mão, abro a porta do carro, sentindo uma raiva uterina, visceral de mim mesma e do mundo. Senti-me mais amarrada que o espantalho cambaleante. Tive vontade de jogar a nota no chão e pisoteá-la até ficar mais estropiada que o homem que já virava vulto distante outra vez.

Respirei fundo, olhei para o céu estrelado com sua lua bem acesa e sorridente. Tive o desejo de me soltar das próprias amarras com seus nós cuidadosamente apertados, abrir os braços e pedir para mim mesma, gritando bem alto: UMA ESMOLA PELO AMOR DE DEUS!

GUERRA E PAZ

Vastos são os campos de batalha e os inimigos se multiplicam em nós. São milhares de feras, seres monstruosos e selvagens. Todos muito mais fortes e poderosos e todos espectros de nós mesmos.

São eles que habitam o mundo que deveria ser só nosso e tudo por nossa culpa, porque não conseguimos contê-los e acabamos soltando os bichos que ameaçam a paz do mundo.

As guerras do mundo são aterrorizantes, mas muito mais terríveis que as guerras que vitimam milhares de pessoas mundo afora, são as guerras íntimas que travamos conosco mesmos, porque são elas que fazem existir as guerras do mundo.

Parecemos soldados sem treinamento numa guerra muito grave, em que o massacre parece inevitável.

As lutas são infinitas e, muitas vezes, concomitantes. É preciso exterminar os monstros que se erigem gigantescos dentro de nós, para vencermos as guerras do mundo.

Estes monstros ferem, machucam, devoram, deglutem e nos excretam sem nos digerir.

Normalmente, essa é a nossa condição: a de dejeto dos monstros que não conseguimos vencer em nós mesmos, aí eles fazem o que querem de nós.

Isto tudo porque não lançamos mão das poderosas armas de que dispomos e, ignorantes, não montamos uma vigorosa estratégia de combate a essas feras vorazes e implacáveis que nos consomem por dentro e por fora.

Combalidos, sucumbimos a todas as batalhas, transformando-nos em território conquistado pelos seres alienígenas que sustentamos.

É imperioso dominar essas bestas para vencer as guerras do mundo. É preciso lutar para não sermos devorados. Só assim, superaremos a pobre condição de dejetos para conquistarmos a nobre condição de combatentes.

Precisamos deixar de existir como excreção dos monstros, desprezada e abandonada pelas próprias bestas, que pisoteiam seus próprios restos e se materializam em cada esquina, tirando a paz e o sossego do mundo.

Todos estes monstros vivem em nós e se alimentam de nosso plácido comodismo. Fazem de nós seres assustados, medrosos, acuados, vencidos. Vencem fácil, fácil a guerra que não acabará nunca se não dissermos para nós mesmos: "Basta!"

Talvez, nunca consigamos extinguir totalmente estas feras em nós. Mas, quem sabe, não possamos domá-las, domesticá-las, para podermos sair de casa mais tranquilos? Pode ser que, impetuosas, elas até queiram se desprender ao se deparar, aqui e ali, com outras feras, quando dirigimos nosso carro, por exemplo, mas, quem sabe, já não seja possível contê-las?

É possível que, com pequenas medidas, teremos dado grandes passos para deixarmos de ser presas fáceis, vitimadas pelas feras que, frequentemente, deixamos escapar de nossa batalha íntima para contribuir fortemente na guerra do mundo.

Cada um sabe as feras que cativa e, com certeza, cada um saberá a melhor forma de aplacar a sua voracidade e selvageria, pois, como diz o poeta, "cada um sabe a dor e a delícia de ser o que é".

O domador dorme e as feras ficam à solta. Dorme pesado enquanto vive o pesadelo.

E aqui estou eu querendo assumir a minha parcela de culpa e acordar deste interminável sonho ruim.

Portanto, domemos as nossas feras e monstros particulares. Engulamos nós os sapos, as cobras e lagartos, antes de sermos engolidos. Excretemo-los para que não haja guerra nos mundos interiores e exteriores a nós.

Não parece incoerente soltarmos os bichos no mundo e depois sairmos gritando por paz?

Assim somos nós, seres cheios de contradições, que se explodem e se espalham pelo mundo feito o gás carbônico que nos sufoca e nos faz adoecer, enquanto fingimos que nem é conosco.

Se evitássemos estas explosões, talvez inibíssemos as emissões deste gás letal que transforma o mundo em ambiente apropriado para feras.

E assim, vamos transformando o mundo e tornando o ar irrespirável com as nossas explosões, começando dentro de nossa própria casa e culminando com as explosões das guerras que tornarão o nosso mundo um lugar perfeito para abrigar somente seres monstruosos.

As feras vivem em nós e são viciadas em gás carbônico. É preciso oxigenar nossos cérebros e para isso é necessário tornar o nosso ar respirável, começando pela nossa própria casa. Só assim daremos cabo, em nós mesmos, das feras viciadas que fazem existir as guerras do mundo.

Precisamos renovar nossas energias para acabar com as guerras do mundo e deixarmos, definitivamente, de viver num mundo de guerras.

BRINQUEDO

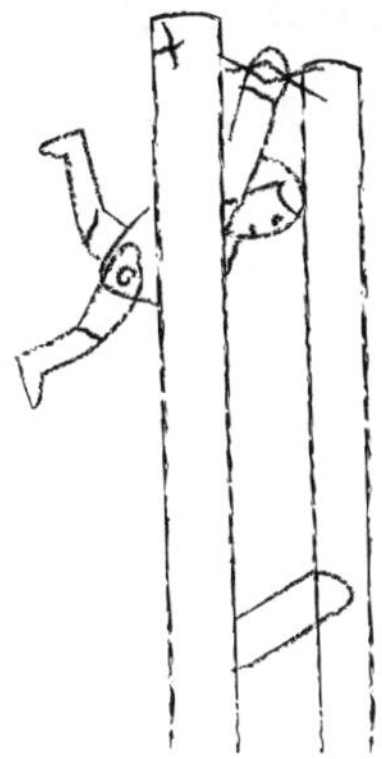

Eu sou de brinquedo.
O destino é meu dono.

Às vezes, me quebro
E fico relegada ao abandono.

Às vezes, ele me conserta
E me brinca em seus descansos.

Às vezes, me desconcerta,
Porque não sou de verdade.
Sou de brincadeira.

Quem é de brincadeira,
Não gosta de abandono.

Mas eu gosto do meu dono
Que faz de mim
Um brinquedo de verdade.

A ARCA

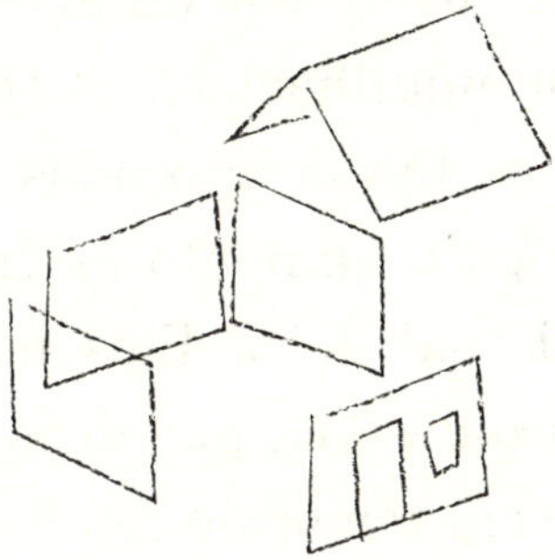

A minha casa caiu, desmoronou por inteiro. Não foi tempestade, nem vendaval, caiu por abalo nas estruturas antigas. Eu caminho pelos escombros buscando alguma coisa de valor, mas nada aqui parece passível de salvação.

Lembro-me, então, de quando brincava de casinha sobre o frio cimento do chão do corredor que separava as minhas duas casas. Na casinha da brincadeira não havia corredor. Na casa de dormir, não tinha geladeira. No fogão, só poeira e no forno as aranhas construíam suas próprias casas. Escoradas na pia da cozinha, duas bicicletas enferrujadas. Em frente à pia, uma grande arca de madeira clara.

Dentro dela, um bule amarelo com tampa preta e seis xicrinhas arredondadas, uma delas sem asa. O bule também era povoado. Em meio à louça, dentro do móvel, uma imensidade de livros intocados. Sobre a arca, a vitrola cor de abóbora e algumas imemoráveis quinquilharias. O tesouro da arca era a vitrola e os livros intocados que, até então, serviam de abrigo e alimento às traças. Os livros são passíveis de salvação. Eles me iniciaram na poesia. O tesouro da arca me abria o universo, me fazia imensa e sem temor de conviver com os seres alienígenas àquele mundo. Na verdade, eu era o ser estranho àquele universo povoado por traças, aranhas, baratas entre louças e livros, muitos livros.

Certa tarde, sentei no chão empoeirado da cozinha e puxei lá do fundo da arca um livro grosso de capa branca. Abri o livro, retirei as traças, moradoras antigas daquela página e descobri uma palavra: agropecuária. Foi a primeira vez que vi esta palavra, ela invadiu meu universo, como eu invadi a arca com as louças e livros que constituíam o mundo pacífico dos insetos. Folheei o livro que continha vários mapas com legendas riscadinhas.

Jamais pensei em limpar e organizar aquele mundo. Acho que, com isso, aprendi um pouco a lidar com as inconveniências e com as coisas que incomodam. Cresci sem medo de baratas e com a certeza de que não é possível viver num mundo perfeito. Mesmo assim, o mundo é passível de salvação. Os livros da arca me resgatam lá do fundo dos escombros.

Ainda guardo algumas palavras do antigo poema que encontrei em um dos livros da arca do tesouro: "ao perder-te eu a ti, perdemos tu e eu...", não me recordo a autoria, mas os versos propiciam profundas reflexões sobre perda, destruição e transformação. Somente agora, entre os escombros, encontro o traçado que orienta os habitantes a respeito do local que habitam. Isso não consta de nenhum mapa. É entre proteção e abandono que construo a minha casinha de brinquedo no frio corredor que separa as minhas moradias. Tudo é ganho.

A casa de dormir era menor que a casa de comer e só o quarto funcionava, todo o resto ficava entregue às traças, aranhas, baratas e à minha infinita curiosidade. Eu e todos aqueles não tão amigáveis insetos éramos os habitantes daquele mundo.

Na casa de comer, o principal habitante era o sol, ficava do outro lado do corredor. Era para lá que eu ia todos os dias tomar o café da manhã. A casa de comer era grande, tinha jardim e o fogão, a geladeira e tudo mais funcionavam perfeitamente. Os insetos, se aparecessem por lá, eram realmente considerados intrusos, caçados e sacrificados, coitados! Na casa de comer não havia lugar para abandono.

À tarde, era na cozinha empoeirada da casa de dormir que eu me encontrava, explorando os objetos da arca e os livros empoeirados e corroídos. Eu conversava com os insetos. As traças e as aranhas diziam muito sobre aquele mundo que eu virava e revirava. Cada tarde, uma descoberta, não sobre o abandono.

A casa de dormir era noturna até durante o dia, o silêncio morava nela, mesmo quando eu estava explorando a arca, em cima da qual, ao lado da vitrola cor de abóbora, havia um pequeno altar improvisado. De manhã bem cedinho, quando eu ainda estava na cama, ouvia reza sussurrada.

Nas tardes que não ia explorar a arca, eu brincava no jardim da casa de comer ou de casinha no corredor que separava as duas casas. Não sei, ao certo, à qual das duas pertenço. É nos escombros que encontro poesia. Há muitas histórias no abandono e nas coisas sem uso. Assim eu penso observando o bule amarelo de tampa preta que nunca foi usado e divide espaço com os insetos e com os livros na arca. Ali também está o altar. Eu olho para ele curiosa, mas não toco em nada e ele também não me toca. É dentro da arca que está o meu tesouro. São os livros corroídos que contam a minha história e a história que quero contar.

Muitas vezes, pensei em como seria ver o bule amarelo sobre a mesa de café da manhã, rodeado por suas xícaras arredondadas e pelo açucareiro bojudo. O que seria das aranhas que moravam lá? Onde encontrariam nova moradia? O café na casa de comer também só era servido em xícaras quando tinha visita especial, mas não no jogo do bule amarelo, ninguém se lembrava dele. Sorte das aranhas.

Tudo desabou e eu nem percebi, quando dei por mim, já estava revirando os destroços na tentativa de encontrar alguma coisa que se salvasse. Eu também faço parte das ruínas, mas o que pode ser salvo não está em parte alguma, muito mais próximo, porém, do que se possa imaginar.

PADRÃO LOURA BURRA

Para preencher os requisitos do padrão loura burra, não é preciso, necessariamente, ser loura, mas indispensável ser magra, muito magra, até mostrar os ossos.

Nós andamos pela rua e parece que estamos cercados por um exército de Barbies devidamente fardadas com o tipo *fashion* do momento. Todas saem da mesma fôrma, embora, muitas delas tenham que fazer esforços sobre-humanos para entrar nela.

Para caber na fôrma, e na farda, é preciso ter manequim 36, senão está fora. Imagine a angústia das mais "cheinhas" que querem entrar na fôrma a qualquer custo. Quanto sofrimento!

Outra preocupação é o cabelo que, embora nem sempre louro, tem que ser longo e liso, de preferência com um leve cacheado nas pontas. E aí vale tudo. Escova de chocolate, morango, caramelo, de salada frutas com chantili, tudo *diet*, é claro, porque o cheiro pode engordar. Sem falar das chapinhas, do formol e dos apliques ultra, hiper, mega e, quem sabe, daqui a pouco, interestelar *hair*, porque o que não falta é novidade para aplacar o desejo incontrolável de perder totalmente o controle e se deixar levar pelo que é, essencialmente, sem essência.

Além dos sabores, é possível escolher também a nacionalidade da escova, como a marroquina; o QI, como a inteligente, e esta deveria ser a melhor opção. Mas nem sempre, porque ainda há opções mais atrativas como as progressivas, os alisamentos e por aí vai.

A farda pode até variar de cor, apesar de ser raro, mas nunca de estilo, que deve ser impecavelmente sempre o mesmo: o *fashion*. Isto inclui saltos altos, todos os tipos de acessório e roupas de grife.

Existe também a loura burra genérica, que é inconfundível, por ser mais burra ainda, ao tentar imitar o inimitável com recursos similares. Isto é totalmente inadmissível, sendo rejeitada veementemente, ao tentar se passar pela original, pois só existe uma fôrma. Até dá para inventar outras, mas não com tanta excelência e perfeição. A imitação, por não conseguir se enquadrar nos padrões exigidos pela fôrma original, fica claramente deformada e, lógico, rejeitada pelos exigentíssimos padrões de qualidade.

Além da deformação, reconhece-se a genérica, pelas atitudes, pelas palavras e pelos lugares que frequentam. Porque tem isso também, loura burra tem atitude. Aquelas jogadas de cabelo imprescindíveis, aquele olhar 43, aquelas palavras clichês, sempre colocadas na hora certa, as risadinhas por nada e por tudo, a presença confirmadíssima em todos os lugares da moda. Este é o estilo loura burra, inimitável, que deixa a genérica sempre para trás porque, para ser burra de verdade, além de tudo o que acabamos de falar, ela tem que ter cacife.

Mas é claro que a loura burra não poderia deixar de ter a sua versão masculina que, também, não necessariamente precisa ser loura. Depois dos hétero, dos homo, dos bi, dos trans, vêm eles, os metrossexuais. O estereótipo do metrossexual seria mais ou menos um protótipo de super-homem. Eles são lindos, altos, fortes, musculosos, só faltam voar. Parecem mesmo que vieram de outro planeta. Mas não estão dando sopa por aí não, porque tem gente que faz até passeata à procura de namorado. Eles devem se bastar a si mesmos diante do espelho.

Entrar na fôrma é um estilo de vida que exige muita dedicação e abnegação. Os que querem entrar nela deixam de comer, gastam fortunas e passam a vida inteirinha se dedicando fiel e integralmente ao mister de se transformar em algo igual, quando a transformação pressupõe transgressão, mudança e, consequentemente, inteligência para passar por cima de tudo isso, diversificar, quebrar os paradigmas preestabelecidos por uma sociedade igualmente burra, que fabrica cópias intermináveis de fantoches programados para pensar e agir sempre da mesma forma.

ESQUINA

Há muito tempo eu não passo por esta esquina.

Enquanto aguardo para atravessar, lembro quantas vezes por aqui passei em outras épocas remotas, de tantas outras histórias. Agora a história é outra, diferente daqueles tempos em que andava por estas esquinas. Hoje sou outra pessoa, com questões e direções diferentes.

É estranho ser outra pessoa no mesmo lugar. Dá uma sensação de tentativa de reconhecimento do que parece nunca ter existido, apesar de tudo estar aqui, na minha frente, exatamente como sempre foi. Hoje, tenho outro olhar, mas apesar disso, a esquina me parece a mesma, igualzinha àquela pela qual eu caminhava em outros tempos. Agora os tempos também são outros e serão outros ainda daqui a um tempo. Mas a esquina será sempre a mesma com a marca dos meus pés de ontem e de hoje e talvez com a marca dos meus pés de amanhã, e também com as marcas de tantos outros pés.

Tantas vezes esta esquina cruzou os meus caminhos em outras ocasiões. Tem um pouco de mim aqui, um pouco da minha presença, do meu pensamento, um pouco do que eu deixei de ser. Enquanto estou aqui parada nesta esquina, transporto-me e encontro-me com o que já não sou. Tento fazer algumas perguntas, mas as respostas que dou a mim mesma parecem ininteligíveis. É uma tentativa de conversa entre dois mundos que subsistem no mesmo lugar, na mesma esquina.

O sinal já abriu e fechou várias vezes e eu continuo aqui esperando as respostas que eu não consigo dar a mim mesma e procurando fazer descobertas sobre o que um dia fui. Persisto nas perguntas, mas os mundos subsistentes têm características e linguagens peculiares a cada um. Por isso tanta estranheza diante do que deixei de ser e tanta ansiedade pelas respostas que não consigo obter.

É imensurável a distância existente entre dois pontos que se localizam exatamente no mesmo lugar. Lugar este que testemunha impassível a tentativa de diálogo entre dois seres de mundos diversos.

Parece-me egoísta querer que a esquina se mostre diferente diante da minha tentativa de diálogo com o que já não existe. Há tantas outras marcas aqui, além das minhas. Há tantas outras vozes, as quais, possivelmente, causem ruído em minha tentativa de diálogo. Há tantas outras pessoas à minha volta agora, todas elas diferentes das que me cercavam nesta mesma esquina em outros tempos. É possível que elas, como eu, esbarrem em suas próprias presenças e nem percebam, porque seguem em frente indiferentes aproveitando o sinal aberto. Mas eu não. Eu estou aqui parada, diante do sinal aberto, diante do sinal fechado, esbarrando no que, há muito, deixou de existir e tentando fazer alguma descoberta sobre mim mesma.

INCÔMODA

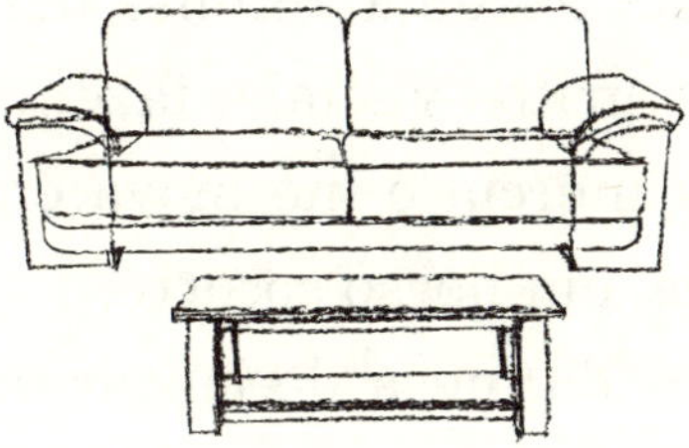

Todas estas coisas estão a olhar para mim fixamente, como as pessoas da plateia, na expectativa de um movimento. Mas estas não me desconcertam tanto quanto todas estas coisas que me cercam e me olham inertes em seus contraditórios movimentos, que se odeiam e se amam nos encontros e desencontros de cores e linhas, curvas e retas. Tudo perfeitamente acomodado a encarar-me, a ignorar-me. E eu aqui, diante de todas as coisas, olhando para cada rosto, que aguarda um movimento, uma palavra. A palavra é minha. Mas são os objetos que abafam a minha voz, exceto pelas cadeiras da mesa, que riem de mim em silêncio, me dão as costas, ignorando solenemente a minha miserabilidade.

Nenhum som sobressai aos gritos do sofá vermelho. Seu desespero, em contraste com a parede marfim, é maior que o meu diante desta plateia, que me olha sem nada entender. Ele grita encostado no paredão, sofrendo intensa hemorragia e me atrai com seus gritos visuais, fazendo com que eu saia de minha inércia e me mova em seu socorro, em socorro dele, em nosso socorro.

As cadeiras da mesa de jantar nem se abalam e continuam sua muda e interminável reunião em que confabulam sobre os acontecimentos, mas sempre se entreolhando sob um silêncio dissimulado. Os cantos dos olhos falam mais que a boca. As cadeiras se entendem. O que será que elas decidem nesta eterna reunião?

Debruço-me sobre o sofá. Dou meu suor e meu sangue pelo sofá vermelho, e pelos outros sofás, e pelas cadeiras forradas com nobres tecidos, e pelos outros móveis da sala e da casa. Tudo isso diante da plateia sanguinária, que a tudo assiste sem sair de sua cômoda posição, ou da posição de cômoda, de armário maciço, de envidraçada cristaleira, de estante envernizada ou de mesa polida.

Ninguém reconhece o meu movimento, o meu esforço. A mesinha de centro me esnoba, me olha fixamente com desdém, lá do alto de seu egocentrismo.

Eu me deito sobre o sofá e já não é possível distinguir o que sou eu ou o que é o sofá. Sangro e grito diante de dezenas de rostos impassíveis a decorarem minha sala. São móveis que não se movem, não se demovem, não se comovem. Apenas assistem a tudo em sua cômoda inércia, inertes como uma cômoda.

VIVA OU MORTA

Não sei por quanto tempo ainda ficarei assim desse jeito: morta. É muito ruim porque a grande maioria das pessoas não pode ouvir os mortos e aí eu perco a visibilidade pela falta de audiência. Preciso retomar a minha condição visível e audível para voltar a viver. Mas isso, em nenhum aspecto, depende de mim. Muito pelo contrário, não tenho qualquer controle sobre esta transposição entre os mundos dos mortos e vivos. Somente observo que sou mantida mais tempo no mundo dos mortos e que sinto uma infinita alegria quando transportada para o mundo dos vivos.

Enquanto mantida refém no mundo dos mortos, apenas espero o resgate. Já fui resgatada inúmeras vezes, mas a minha infinita inferioridade e incompetência não permitem que eu me sustente, por muito tempo, no mundo dos vivos e lá vou eu morrer novamente não sei por quanto tempo.

São estéreis todas as tentativas de me comunicar lá do mundo dos mortos. Tem mesmo de haver o resgate. Mas este, da mesma forma, acontece independente da minha vontade e também não sei por que canais ele chega.

O meu maior medo na vida (de morta) é não ser mais resgatada.

Quando passo longa temporada no mundo dos mortos, me sustento com a lembrança dos resgates anteriores. Já fui resgatada de inúmeras maneiras e em situações completamente inusitadas, diferentes, estranhas, complexas e esquisitas, mas sempre com muita alegria. Porque, seja como for, sou trazida de volta ao mundo dos vivos, então que venham as complexidades, as estranhezas, as esquisitices e o que quer que seja.

Qualquer tentativa de fuga é totalmente inútil. Disso devo me convencer de uma vez por todas. Mas o problema é que fico aflita com a demora do resgate, então invento, eu mesma, uma forma de transporte para o mundo dos vivos. Não adianta. Isso nunca dá certo. Só existe uma solução: esperar o resgate.

Não sei quem envia, nem quando será enviado o resgate. Também não tenho ideia de por quais caminhos ele vem e nem que estradas tomará para me levar de volta ao mundo dos vivos, onde me sinto completa e feliz.

O engraçado é que, como agora, a própria morte me redime da condição que ela mesma me impõe, me resgata do mundo dos mortos e me faz reviver.

No mundo dos mortos, perco a voz, fico completamente afônica, por isso ninguém me ouve. É por isso, também, que quando chego ao mundo dos vivos, não paro de gritar um só instante. Grito de todas as formas permitidas por aquele ou aquilo que me resgata, embora saiba que, mais cedo do que gostaria, estarei muda novamente e de volta ao mundo dos mortos, impaciente e aflita, à espera de um novo resgate.

Aquilo que me resgata, me ressuscita para seus propósitos e, depois de cumpridos seus intentos, desiste de mim, me abandona e vai embora para sempre.

Assim, me sinto meio Sísifo. Se este for o meu destino: ora viva, ora morta, então não devo temer a demora do resgate ou ser esquecida, de vez, no mundo dos mortos. A fatalidade se incumbirá de que ele tarde, mas não falte.

PENTES E POMBOS: A NULIDADE DA COEXISTÊNCIA

Neste mundo, há muitas vitrines. Todas elas expõem pentes de diversos tipos, cores e tamanhos, para todos os gostos, dos menos exigentes aos mais requintados.

Todos os pentes, sem nenhuma exceção, têm uma peculiaridade muito especial: a falta de dentes. Uns mais, outros menos desdentados, mas todos eles com ausência parcial ou total de dentes. Aliás, esta é a condição para estarem na vitrine.

As pessoas vão percorrendo as fileiras, passeando entre as janelas de vidro e escolhendo de acordo com suas necessidades próprias. Quanto mais desdentados, mais indispensáveis.

Objetos muito úteis estes, ao fim a que se propõem e expõem, de maneira incomparável, a utilidade de sua finalidade. Afinal, para que servem os dentes, se eles não forem afiados? Sua presença desperta menos atenção que sua falta. A ausência sempre incomoda.

O penteado pressupõe uma arrumação ilógica e aparente, enquanto o descabelamento sugere uma organização natural, embora sempre um pouco caótica. É preferível o caos natural à aparente organização, porque o caos natural é o que é, enquanto a aparente organização ludibria, seduz, ilude, engana, para somente depois mostrar os dentes.

Todos estes pentes expostos nas vitrines estão naturalmente desdentados pelas incansáveis tentativas de retirar ou colocar no caráter o que ele não tem. Por isso, a descaracterização expõe tanto a artificialidade, que ocupa tanto espaço neste mundo. Talvez isto explique a demanda pelos pentes que decoram todas as vitrines.

Cada tipo de pente, com maior ou menor quantidade de dentes, atende perfeitamente aos interesses e necessidades especiais daqueles que os contemplam e desejam. Desejar um pente desdentado é quase uma transgressão. É como alimentar pombos que vêm comer milho nas mãos, apesar de estarem se expondo a risco. E os pentes banguelas das vitrines, a que estão expostos?

É interessante elucubrar sobre dentes e sobre um mundo que expõe a falta deles em vitrines, assim como também é muito importante observar tantas vitrines desdentadas espreitando presas. Elas funcionam como iscas, assim como os grãos de milho atraem os pombinhos inconscientes e indefesos, que bicam um grão, aqui e ali, ressabiados.

Nunca se pensou encontrar alguma similaridade entre pentes desdentados e pombos. Parecem coisas tão díspares, no entanto tão iguais em sua fragilidade, banalidade, falta de dentes e, ainda, pelo incomodo que cada um pode causar, respectivamente, pelo muito de ausência e pelo muito de presença. O que, aliás, pode comprovar a coexistência dos contrários. Esta coexistência, contudo, pode torná-los nulos, fazendo surgir, em seu lugar, um terceiro substantivo adjetivo, ainda ignorado pelas pessoas deste mundo, que pode definir muito bem o significado da ausência presente e da presença ausente, tão sentidas atualmente neste mundo.

A maior diferença entre pentes e pombos talvez seja o fato de os últimos revoarem livremente em quase todas as praças públicas, enquanto os primeiros ocupam as vitrines envidraçadas e são o desejo quase consciente de todas as pessoas deste mundo.

A VIDA SEMPRE CONTINUA

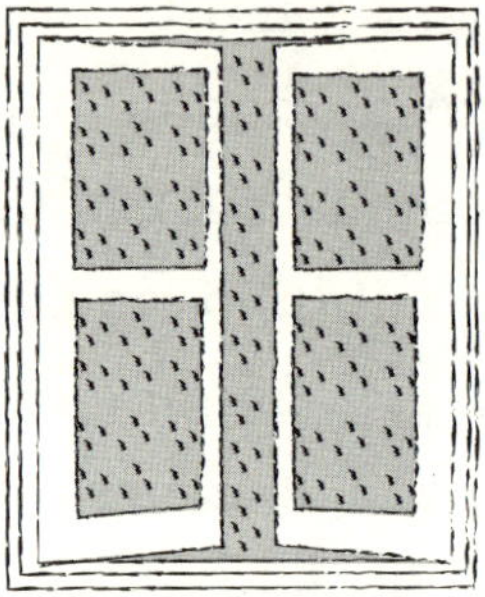

Chove lá fora. Aqui ao lado, escuto um choro torrencial. Os raios iluminam o céu. Os estrondos de trovões confundem-se com gritos, discussão e um choro compulsivo, sufocante. Vozes se alternam em alto volume. Os trovões retumbam. Portas batem. Mais gritos, acusações e choro, o barulho do elevador e, em poucos segundos, pneus cantam na chuva. De repente nada! O silêncio.

Fiquei aflita e consternada por ouvir tudo isso. Imagino o que se passa agora pela cabeça de cada um. Ela, aos soluços, dirigindo na chuva noturna. Ele, em casa, no mais profundo silêncio.

O mar está de ressaca. Talvez o casal tenha bebido, foi o que me ocorreu. Mas era improvável.

No dia seguinte, no mesmo horário, à noitinha, novos barulhos. Desta vez, adolescentes cantam alegres na varanda e conversam festivamente no mesmo ambiente que serviu de palco para outra encenação na noite anterior.

Talvez estes adolescentes, na hora da tormenta, estivessem em seus quartos ouvindo, como eu, toda a tempestade, mas como diz a cantora Ana Carolina nos sábios versos de sua linda canção: "a vida sempre continua..."

A tempestade passou. Dias depois, ouço a mulher conversando normalmente com o homem com quem berrou dias atrás. As nuvens se dispersaram. Mas as tormentas sempre deixam marcas e, dependendo da intensidade, marcas profundas, de difícil recuperação.

"Árvores ainda se encontram nas pistas. O asfalto está avariado em vários pontos. Pontes caíram. Os motoristas devem tomar cuidado. Vai dar trabalho para recuperar. A paisagem será modificada em alguns trechos", avisam os noticiários.

A paisagem nunca será a mesma, após uma tempestade catastrófica. Elas sempre deixam marcas e lembranças dos flagelados.

Somos flagelados de nossas próprias tempestades. Muitas vezes, conseguimos remendar nossas trajetórias e seguir em frente, ainda que com árvores pelo caminho e rios caudalosos, com suas pontes caídas, a serem atravessados. Porém, nem sempre é assim. Às vezes, sucumbimos na travessia.

Precaução é a palavra mais correta. Quem se protege da tempestade, corre menos perigo.

Às vezes, num momento de desespero, uma atitude impensada pode nos marcar profundamente e as pessoas que nos cercam para o resto da vida.

Haverá sempre árvores, pedras, obstáculos de todo tipo a serem ultrapassados e rios caudalosos para atravessar. A prudência e a precaução sempre serão bons instrumentos de que podemos lançar mão para auxílio na travessia.

Apesar das tempestades intempestivas e apesar de nós, a vida sempre continuará. Então para que se arriscar?

É isso aí!

A LENDA DO HOMEM QUE BALANÇA O MEMBRO

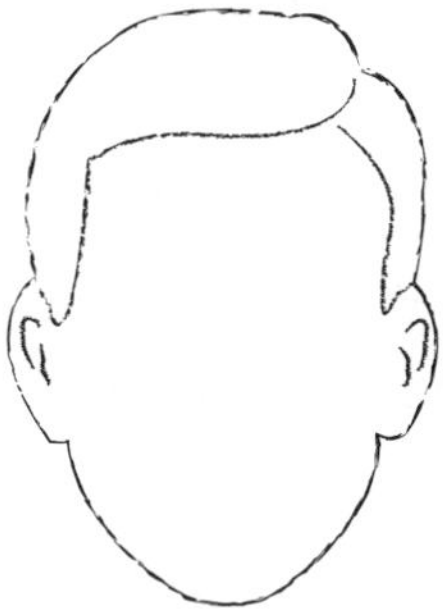

Embrulho no estômago. Nervosismo. Nova fase começando. Medo do novo, do desconhecido.

Aquele era meu novo caminho. Todos os dias, eu tinha que passar por ali e subir a escadaria para chegar ao meu destino. Sempre olhava de rabicho de olho para a guarita, apertava o passo e sentia o coração acelerar.

Na verdade, eu só ouvia os comentários. Nunca soube direito quem eram as pessoas alvo dos boatos.

Embora receasse passar naquele trecho do caminho, jamais percebi qualquer movimento na guarita. Deve ser uma lenda, pensava, dessas que a gente ouve na escola, de mulher loura no banheiro, que não passavam de boatos.

Quantas vezes, quando ainda estava no Ginásio (não sei como se chama agora), ouvi falar da tal mulher loura que aparecia nos banheiros da escola. Eu nunca a vi, apesar de ficar meio ressabiada quando precisava ir ao banheiro. Evitava ir sozinha. Era melhor esperar a hora do intervalo, quando havia mais movimento.

Eu tinha completado quatorze anos e começado o Segundo Grau em outro colégio. Naquela época, era assim que se chamava. Depois, passou a ser Ensino Médio. Houve outras nomenclaturas. Hoje também não sei ao certo como se chama. A denominação vai mudando... e só.

Tudo era novidade no novo colégio, cuja localização não era de fácil acesso. Ficava no alto de uma ladeira. Para ser alcançado, era necessário subir a tal escadaria que cortava um conjunto habitacional. Do lado direito das escadas de degraus largos, havia uma guarita temida por todas as meninas do colégio. É que havia uma lenda, entre os alunos, que dizia existir um homem que, da guarita, vigiava as alunas constantemente.

Conta a lenda que, de vez em quando, ele surgia na frente de alguma estudante chacoalhando seu membro viril. As vítimas, invariavelmente, como se escutava dizer, saíam correndo horrorizadas, em seus uniformes azuis e brancos, gritando escadaria acima, para deleite do depravado sacudidor.

Volta e meia, ouvia-se um comentário pelos corredores e pátios do colégio: "uma aluna da turma da manhã foi atacada hoje pelo homem que balança o membro".

De tempos em tempos, novo boato: "o homem que bota o membro para fora pegou a aluna do terceiro ano". E aí havia várias versões. Uns diziam que ele arrancou as calças e saiu correndo atrás dela com os balangandãs chacoalhando. Outros, que ela gritou tanto que o colégio inteiro ouviu. Alguns, disseram que ele chegou a levantar a saia dela, antes que ela começasse a correr.

Assim, lá ia eu, todos os dias, com o uniforme azul e branco, para o colégio. Sempre que o trecho da escadaria se aproximava, ficava mirando a guarita.

Um ano inteiro se passou. Os boatos continuavam, mas eu nunca vi nada. Nem sabia concretamente com quem aconteceu. "Foi com a amiga da fulana do segundo ano que estuda à tarde", diziam os boateiros.

Entrei no segundo ano confiante, cheia de novidades das férias. Logo no primeiro dia, ao passar pela guarita, me lembrei do homem que balançava o membro. Tinha me esquecido completamente dele durante as férias. Meu coração saltou, mas me tranquilizei com o pensamento de que era apenas boato, uma lenda de escola, como a da mulher loura do banheiro e nada mais.

E lá ia eu, dia após dia, para o colégio. Até me esqueci dos boatos. Nem dava bola para eles. Passava pela guarita muitas vezes distraída com meus pensamentos, que nem me recordava.

Lembra daqueles velhos ditados populares? "Onde há fumaça, há fogo" e "todo boato tem um fundo de verdade". Pois é, talvez eu não me lembrasse deles ou nem os conhecesse ainda.

Um dia, quase no final do segundo ano, ao me aproximar da escadaria, percebi um movimento e avistei um olho me observando por um buraquinho na parede da guarita. Meu coraçãozinho inocente disparou e eu pensei: "é o homem que chacoalha o membro". Minhas pernas ficaram bambas. Acho que perdi a cor. Diminuí o passo. Enquanto me aproximava da guarita, comecei a imaginar o que ele faria comigo: "será que me agarraria, sufocaria e arrastaria para dentro da guarita? Ou correria atrás de mim até me alcançar? Será que tentaria levantar minha saia?" Tudo isso passou pela minha cabeça num átimo de segundo. Ia pensando e me aproximando lentamente da guarita. E os olhos no buraquinho a me observar.

Quando coloquei o pé no primeiro degrau da escada, como que num lampejo, um jovem moreno claro, aparentando vinte e poucos anos, com as feições débeis surgiu na minha frente com as calças arriadas até os joelhos. A mão balançava vigorosamente o descomunal membro obscenamente rijo. E vinha na minha direção, projetando o quadril para frente, como um cachorro no cio.

Congelei! Literalmente congelei. Não conseguia sair do lugar. Quando viu que eu não me movia, o homem parou à meia distância, mas continuou sacudindo o membro ameaçador, estudando a minha reação. Eu, paralisada, só consegui olhar direto em seus olhos e me esforçar para mover os músculos das pernas que talvez invejassem o outro músculo que se movimentava em frenesi. De alguma forma, voltei a caminhar lentamente. Subi as escadas, sem olhar para trás, como se nada houvesse acontecido.

Tempos depois, ainda vi algumas vezes, o homem me observando pelo buraquinho da guarita, enquanto me aproximava da escadaria. Contudo, nunca mais ele apareceu para mim. Concluí que seu deleite era ver as meninas correndo gritando, diante de seu poderoso e ameaçador instrumento. Comigo não funcionou. Não porque eu soubesse exatamente como proceder ou estivesse preparada para aquela situação. Muito pelo contrário. A minha reação foi diferente diante do pavor. Fiquei com os músculos invejosos de minhas pernas meio que paralisados. Não consegui correr. Frustrei o meliante.

No terceiro ano, ouvi um ou outro boato ainda. Mas agora sabia que era verdade e que ele não faria mal a ninguém porque se satisfazia em mostrar seu poder e ver as estudantes correndo. Era tudo o que queria.

Mas, uma lição tirei desta história. Se não encararmos o que nos amedronta, talvez, seja o que for, jamais deixe de nos ameaçar.

FORA DE ROTAÇÃO

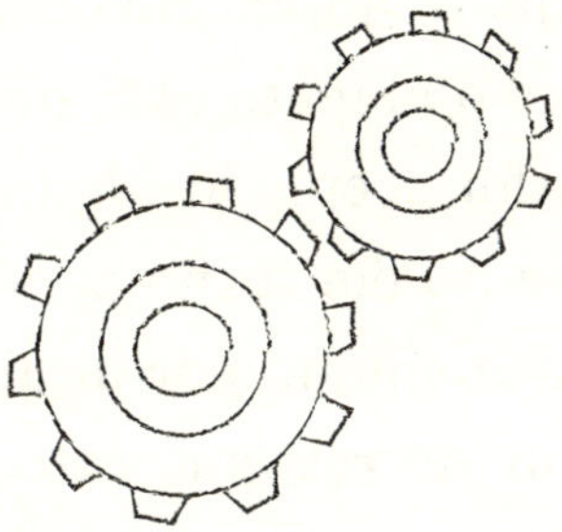

Ando meio confusa mesmo. Não raro, me atrapalho com as ideias e com as situações. Mas eu acho que isso acontece muito por falta de entendimento e compreensão diante dos acontecimentos. Parece que estou funcionando fora de rotação.

Isso me faz recordar de que, quando era criança, eu possuía um rádio-vitrola cor de abóbora, que tinha quatro rotações: dezesseis, trinta e três, quarenta e cinco e setenta e oito e eu adorava ficar trocando as rotações, enquanto o disco tocava. Era engraçado, o som saía rápido demais ou muito lento, na rotação mais baixa.

Hoje, eu me sinto meio assim: em algumas situações parece que eu estou na rotação dezesseis enquanto os acontecimentos seguem em rotação setenta e oito. Não há meios mesmo de entendimento e eu me confundo toda! Até me esforço bastante para alcançar a rotação trinta e três, que é a que melhor se ajusta a uma razoável compreensão, mas acontece que o planeta está para lá de setenta e oito. Decerto, foi acoplado algum tipo de acelerador no movimento em torno de seu eixo, que faz tudo chacoalhar adoidado por aqui. Acho até que, em vez de mudar de rotação, estou trocando é de translação. Para este caso, no entanto, não sei se existe ajuste possível, tipo o das rotações, porque na translação são dois movimentos em questão. Seria algo, mais ou menos, como ficar rodando em torno da sala com a minha vitrola cor de abóbora na mão, enquanto ela toca um disco. Só de pensar fico zonza. É exatamente assim que me sinto muitas vezes, fora de frequência, fora do eixo, sem ajuste.

Na época em que eu brincava com a vitrola, era engraçado, mas não passava de uma brincadeira. Agora, não. Agora a coisa é séria, nada engraçada, apesar de que, muitas vezes, possa parecer. O normal é ser bem para lá de setenta e oito, sei lá; setecentos e oitenta mil, não sei. Só sei que estou confusa, atrapalhada, me esforçando para alcançar uma frequência que permita algum entendimento, alguma compreensão. Está difícil.

A vitrolinha, que tanto serviu de entretenimento, não mais existe. De tanto mudar de rotação, além de arranhar vários discos, a vitrola começou a apresentar defeitos. Mas mesmo assim, depois de ter seu braço arrancado, ainda foi útil em outras atividades, quando comecei a usar seu prato rotatório para modelar argila. Produzi, assim, uma infinidade de peças para a feira de ciências da escola.

Talvez seja isso: assim como a vitrola, exposta a tantas situações bizarras, coitada, eu também esteja começando a dar defeito. Contudo, tenho receio de, diferentemente da adorável vitrolinha cor de abóbora, não conseguir ser útil e criativa suficientemente para driblar toda essa confusão e, ainda, ter resistência para funcionar de outra maneira.

É possível que, para deixar de ratear, eu precise encontrar uma nova forma de subsistência. Para tanto, porém, necessário se faz que, assim como a vitrola, eu me reinvente ou assuma de vez a sucumbência.

Concluo, no entanto, que estou em desvantagem em relação à vitrolinha, que só perdeu o braço, pois sinto, com esta confusão toda, que eu estou perdendo, se não a cabeça, pelo menos o tino.

VITROLA

Volto ao som da vitrola fora de rotação. Acho que ela quer me tocar. Preciso da reinvenção. Esta é uma necessidade uterina de renascimento, para tentar o ajuste possível fora dessa lógica. Nada do que foi inventado até agora funciona direito, por isso o que serve a determinados modelos deve ser remodelado. Talvez seja preciso despir a aparente pureza das coisas e, como a vitrola, manchar de lama o corpo para nele projetar uma nova moldagem: um renascimento impuro para tornar legítima a continuidade, extensão de uma vida refeita onde não se acreditava mais haver utilidade. É como plantar violetas num violão sem cordas. O instrumento entrega, então, um novo tom, misturado com terra, sujo de lama e ainda assim, necessário.

E as violetas cultivadas pelo violão, que têm elas a ver com a vitrola? Elas também querem me tocar. Comparar violetas à vitrola é como comparar pentes a pombos e descobrir semelhanças em coisas que habitam mundos diferentes. Vistos à pequena distância, os contrastes sempre tendem a apresentar uma crescente similitude. "Passarinhos da mesma plumagem voam juntos", mas nem sempre é assim, a natureza fornece atestado.

Se alguém imagina que vou discorrer sobre semelhanças entre coisas tão diferentes, já anuncio que não o farei. É preciso haver condições ideais para que seja possível o diálogo entre diferentes e iguais. Não gosto das coisas prontas, talvez por isso esta facilidade para admitir a imperfeição, facilidade esta que foi desenvolvida na ânsia da busca por novos moldes, novos modelos, novos sentidos.

A vitrola de som tosco termina por produzir esculturas de barro. Mas que falta de lógica é essa? Vitrolas não produzem esculturas. E quem disse que violões produzem violetas?

O que servia a um sentido entrega-se a caminhos outros sem ter "a terrível limitação de quem vive apenas do que é passível de fazer sentido". Eu quero outra verdade. "Não quero a boa razão das coisas", não quero ter razão; apenas descobrir novos sentidos.

ILHAS DO TEMPO

Segundo a ciência, "o nosso corpo se desfaz e se reforma inúmeras vezes durante a vida". Isto ocorre através dos processos de renovação celular em que as células antigas, após completarem seu ciclo, dão lugar a outras células e a outros tecidos. Então, o tecido que revestia um órgão há um tempo, já não mais existe, apesar de as funções deste mesmo órgão subsistirem. E assim se dá com nosso corpo durante toda a vida: inúmeras transformações. Pode-se dizer, inclusive, que tivemos vários corpos ao longo de nossa existência.

E a alma? A alma também se transforma. Quando olhamos para trás, muitas vezes não nos reconhecemos, porque hoje já não fazemos mais o que há algum tempo fazíamos. Assim como fazemos, hoje, o que no passado não conseguíamos e achávamos que nunca conseguiríamos.

A alma se transforma através do tempo, das experiências e das circunstâncias a que fica exposta. Hoje, sabemos muitas coisas que não sabíamos, assim como esquecemos muitas coisas que aprendemos. Conectamo-nos a outras pessoas, circunstâncias e espaços, fazendo, por assim dizer, uma espécie de sinapse.

Assim como as células do nosso corpo têm seu ciclo, as circunstâncias a que a alma se submete também o têm. Desta forma, em determinados momentos, estabelecemos fortes laços com pessoas que estão na mesma circunstância, no mesmo espaço, na mesma sintonia. De repente, tudo se transforma, novos rumos se abrem, novas circunstâncias são propostas e todo aquele cenário se desfaz, dando lugar a um novo ambiente, com novos personagens, novas experiências e aí, novos laços se fortalecem, antigos laços se enfraquecem e até se desfazem, nos dando a sensação de sermos outra pessoa.

Algumas recordações são como ilhas boiando no tempo. A ilha de quando éramos criança é formada pelas pessoas que compartilhavam aquele espaço-tempo que, hoje, boia em algum lugar no oceano da existência.

Depois a adolescência, uma nova ilha, com novos espaços, um novo corpo, num tempo novo, cheio de novos amigos, novidades e apelos.

Em seguida, a maturidade. Tudo se renova mais uma vez, como as novas células que surgem no corpo, após a partida de tantas outras que cumpriram a sua função em nossa vida.

Contudo, como o mundo dá muitas voltas, e todas estas ilhas continuam existindo – aliás, nunca deixam de ter uma ligação, ainda que muito tênue, entre si – e sujeitas a este movimento, o que pode fazer com que se esbarrem e se reencontrem, mas cada uma com todos os seus elementos preservados, devidamente pertencentes a seus espaços e a seus tempos. Porém, estes elementos podem interagir formando outra ilha, num espaço passado, com elementos do passado, num tempo presente.

Complicado, não é? Entretanto, não é raro acontecer de voltarmos a antigos locais, reencontrarmos antigas pessoas e relembrarmos velhas situações. Como também pode ocorrer de encontrarmos elementos pertencentes a antigos espaços e a remotíssimos tempos, no espaço-tempo presente.

Complicado mesmo, porque vemos o quanto modificamos, o quanto não pertencemos mais àquele espaço, àquele tempo, o quanto deixamos de ser, o que um dia fomos. É uma estranha sensação de não cabermos em nós mesmos.

E assim, pulando de ilha em ilha, vamos construindo nossa vida como numa brincadeira de amarelinha, até chegarmos ao "céu"... ou não. A brincadeira fica séria. A cada salto, um novo desafio, uma nova realidade nos defronta e vamos nos transformando em outro alguém, diferente daquele que tinha todos os seus órgãos revestidos por células que já não existem mais.

Apesar de nosso corpo se renovar e, hoje, já não termos mais o corpo que envergávamos há alguns anos – assim como daqui a alguns anos não teremos mais o corpo que sustentamos agora e, embora a nossa alma também se transforme – por trás de toda essa transformação, de toda essa diversidade, existe uma unidade, que une, num só ser, todos os moradores de ilhas distantes que um dia habitaram em nós.

A memória não deixa que eles se percam. Somos o resultado de tudo o que fomos, apesar de, muitas vezes, olharmos para o que fomos com certa estranheza e rejeição.

Há ilhas esquecidas. É como se elas não existissem, como se tivessem afundado, mas estão lá, em algum canto do oceano de nossa existência, podendo ser acessadas pela memória a qualquer tempo.

É a memória que conta a história de todas as idades. É ela que nos dá identidade e que promove o encontro do que fomos com o que somos. Muitas vezes, somente quando saltamos para o último quadrado da amarelinha, desenhada no chão com um caco de telha, com um giz ou um carvão é que, apesar de todas as mudanças, de todas as transformações, olhando para frente, enxergamos, ainda muito distante, aquilo que deveríamos alcançar.

COMO UM PEIXE... DENTRO D'ÁGUA

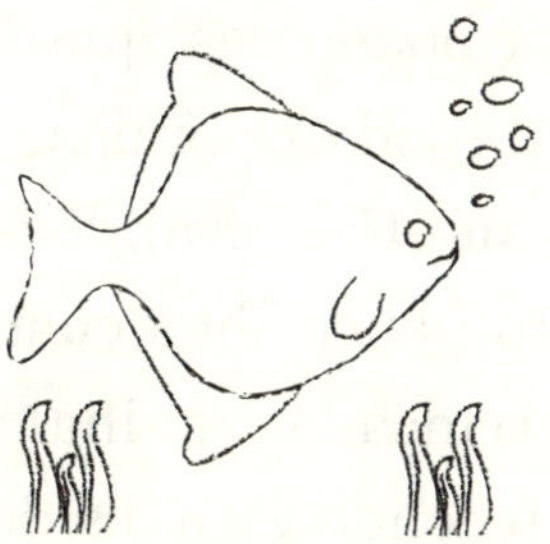

O peixe fora d'água tem destino certo e cruel.

Estando ele fora de seu habitat natural, onde é provido de todo o necessário à sua sobrevivência segura e saudável, fica fadado a um destino obscuro.

Com certeza, o peixinho não quer ser excluído do ambiente em que pode ter tudo o que precisa para viver feliz com seus semelhantes.

Contudo, fatores, nem sempre desconhecidos, desequilibram esta estabilidade, fazendo com que o peixinho caia numa malha fina e embaraçada, quase impossível de se desprender, sendo arrastado, em meio à grande turbulência, ao doloroso final de sua existência.

Ninguém quer ser um peixe fora d'água para morrer à míngua, à margem do que lhe é essencial, após turbulento arrastamento através de águas revoltas, preso a intrincadas e indissolúveis malhas.

Esta é uma força contra a qual o peixinho não pode lutar sozinho. Mas sabemos que, se os peixões grandões, fortões e poderosos, que dificilmente caem nas armadilhas da vida oceânica, se dispuserem a ajudar com seus dentões grandões e afiados, num esforço que muito pouco lhes custaria para desfazer os nós das intrincadas malhas desta impiedosa rede, que se vai tecendo através dos tempos, certamente o peixinho pequenino e fraquinho teria muito mais chances de sobrevida.

Mas não é preciso ser peixão fortão para ajudar a livrar os peixinhos dessa situação embaraçada e embaraçosa. Os peixes medianos, que também caem na rede, mas que, se virando daqui e dali, com a ajuda de seu porte um pouco mais avantajado, se debatendo de lá e de cá, acabam por se desprender das malhas, estes também podem ajudar.

Até os peixinhos fraquinhos e pequenininhos, com muito menos chances, recursos e possibilidades, envidam esforços que, muitas vezes, resultam positivos no sentido da preservação da vida.

Agora imaginemos peixes, peixinhos e peixões imbuídos do instinto de conservação, contribuindo, num esforço conjunto, para o bem-estar coletivo de um oceano pacífico... haveria inúmeras possibilidades para peixes, peixinhos e peixões mergulharem fundo nesta incrível e muito possível aventura de manutenção do equilíbrio, harmonia, serenidade e tranquilidade do mar que foi feito para todos os peixes.

OS "QUANTA" E O MUNDO DAS PARTES

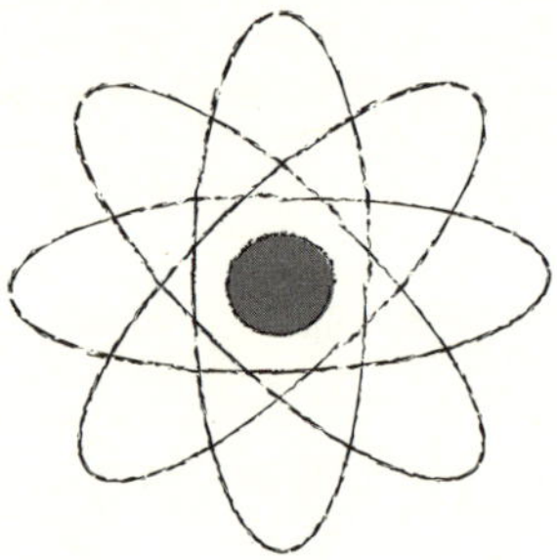

Durante muito tempo acreditou-se ser o átomo a menor partícula divisível da matéria. Segundo o modelo atômico de Dalton, o átomo seria uma esfera maciça, indivisível e indestrutível. Mas esta teoria caiu por terra.

Após Dalton, dentre outros, em mil e novecentos, surge, com o físico alemão Max Planck, o modelo quântico do átomo, com os pacotes de energia por ele chamados *quanta* (palavra latina plural de *quantum*). É a teoria da continuidade da matéria, a qual demonstra que ela pode ser dividida, sem jamais ser encontrado o seu termo final.

Se a matéria pode ser dividida ao infinito, esta seria a regra máxima da multiplicidade. Sendo o raio do átomo cem mil vezes maior que o raio de seu núcleo, tendo sido, inclusive, comparado a uma formiga no centro de um estádio como o Maracanã, costuma-se dizer que o átomo é um "imenso vazio".

Traçando um paralelo macroscópico a essas teorias, é lícito nos questionarmos. Se até os átomos, que há bem pouco tempo, eram tidos como a menor parte divisível da matéria, podem se dividir ao infinito, multiplicando recursos em ondas de energia e partículas eletromagnéticas, por que um pouco de energia também não pode ser despendida para multiplicar recursos e promover seres humanos?

Imaginemos pacotes de energia, que neste caso podem ser chamados de vontade, sendo direcionados para multiplicar recursos contínua e infinitamente. *Quanta* escassez, *quanta* ausência, *quanta* falta, *quanta* privação poderiam ser evitadas?

Só a vontade pode reunir partes para multiplicar energias com vistas a quantificar resultados. Assim, a teoria dos *quanta* poderia ser recriada e transformada no que poderia ser o modelo quântico operativo ou, melhor ainda, "quântico-operativo", do *quanta* coisa pode ser feita com um pouco de vontade.

Desta forma, a vontade afigura-se também como uma das principais células reprodutoras deste modelo, que pode ser espalhado pelos quatro cantos do país, preenchendo espaços, somando energias e replicando recursos para promover pessoas, dignidade e desenvolvimento.

A vontade é a energia eletromagnética que faz o modelo quântico operativo vibrar intensamente, tanto na multiplicação das partes interessadas em preencher espaços vazios, carentes, necessitados – o que traduz o *quantum* de cada uma das partes – quanto na consequente multiplicação das partes carentes resgatadas.

Somando partes interessadas em resgatar a partes já resgatadas pelo modelo "quântico-operativo", o famoso "gigante adormecido" começa a despertar, erguendo-se em grandeza, não só territorial e de riquezas naturais, mas, sobretudo, na promoção de dignidade e desenvolvimento.

Do átomo divisível ao "gigante desperto", na teoria do modelo quântico recriada, o "quântico-operativo", o que importa é a canalização da energia provinda de partes ou partículas (não importa) partícipes, que se unem com todo o magnetismo para recomposição do mundo das partes integrantes de um mundo compartilhado.

BOLHA DE SABÃO

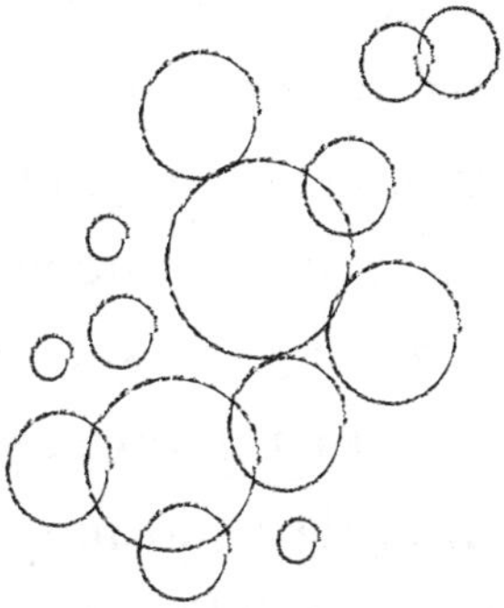

Eu já não queria mais.

Eu quis muito, mas, àquela altura, havia outras coisas em jogo. Não, eu não queria mais.

De nada adiantava segurar minha mão tentando me demover daquela opinião. Era inútil. Minha mente estava em outra esfera, que eu, em santa ingenuidade, considerava ser a que me traria felicidade. Mas esta esfera sedutora, em que minha mente passou grande tempo focada, era tipo bolha de sabão, que se estourou no ar, sem deixar o menor vestígio.

Enquanto minha mão era acariciada em frente ao portão de casa, lá de dentro, da varanda, partia aquele olhar temeroso de que eu cedesse àqueles apelos. Mas não, minha cabeça estava lá em outra esfera, na bolha que, tempos mais tarde, se explodiria.

Nem o receoso olhar que vinha da varanda, nem as súplicas do portão; outra esfera. Três direções completamente diversas e eu ignorando as súplicas do portão e o temeroso olhar que vinha da varanda, para correr atrás da bolha de sabão.

Eu não sei quanto tempo passei assim, meio hipnotizada, fazendo de tudo para entrar naquela esfera, para fazer parte dela. Mas o vento levava a bolha para bem longe e eu a seguindo a todo custo, até, depois de muito cansada, assistir, com meus próprios olhos, a esfera explodir no ar. Era como se eu tivesse corrido, anos a fio, atrás de algo que não existia. E não existia mesmo. Era o meu ingênuo desejo que emprestava alguma consistência àquela esfera a que eu me ligava, enquanto minhas mãos eram inutilmente acariciadas no portão de casa, sob os olhares receosos que vinham da varanda.

A minha morte se seguiu à explosão da bolha. Só ressuscitei por causa do olhar que vinha da varanda. As mãos que acariciavam as minhas, em frente ao portão de casa, desapareceram como que por encanto. De nada adiantaram as suas súplicas e com a explosão da bolha, atrás da qual eu já estava exausta de correr, só restou mesmo o olhar. Somente então eu pude perceber a consistência daquelas duas esferas, que da varanda, vislumbravam uma vida inteira. E eu, meio inconsequente por ficar correndo atrás da bolha de sabão, que o vento insistia em levar para bem longe de mim, nem percebia as sólidas construções que vinham daquele olhar.

Resisti o quanto pude, procurando outras bolhas de sabão que pudessem preencher o vazio deixado pela bolha original, pela esfera em que eu gostaria de estar. Mas o sábio vento, profundo conhecedor do destino das bolhas de sabão, fazendo-se meu aliado, sem que eu soubesse, afastou estas esferas para bem longe onde eu jamais pudesse alcançá-las, deixando-me entregue ao par de esferas consistentes que produziam aquele olhar que vinha da varanda.

Parei de caminhar contra o vento, deixei-o soprar a favor para encarar aquele olhar que sempre enxergou para além de muitas esferas.

MEU PAPEL

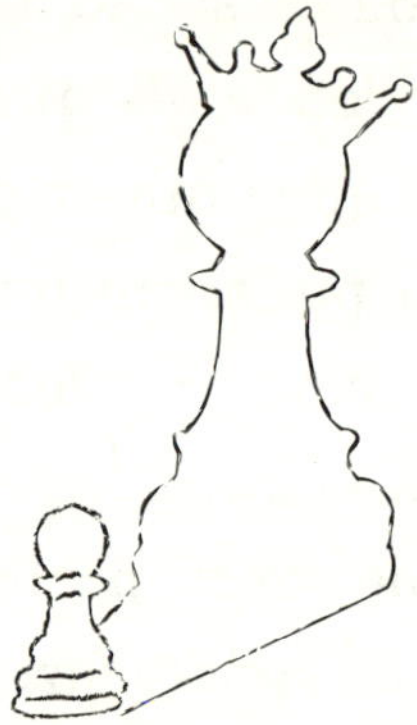

Eu não sou atriz. Ainda não sei ao certo o que sou. Só sei que já desempenhei vários papéis, mas o que eu mais queria, ainda não consegui, talvez porque seja o mais difícil de todos.

Na maioria das vezes, lidamos muito melhor com as situações quando representamos. Parece que estamos sobre um tabuleiro de xadrez em que estudamos minuciosamente o movimento do outro, a fim de que possamos movimentar-nos convenientemente e de maneira sempre triunfante.

Admitir que somos assim, muitas vezes, pode representar desistir do jogo, deixar de querer ser rei, dama, cavalo, torre, bispo ou peão com suas formas específicas de movimento; é descer do palco, do tabuleiro; é sair de cena para encarar a vida real com realidade. Isto tem um preço, mas também nos liberta das falas decoradas e das posições que, de acordo com as regras do jogo, devemos adotar.

Não tenho que agir sempre da forma que esperam que eu aja, assim como não tenho que dizer sempre o que querem ouvir. Não quero parecer feliz quando estiver triste e nem aparentar sucesso em meus fracassos. Não quero ter que manter a pose, nem fazer figura ou montar estratégias, porque isso significa voltar a ser peça do tabuleiro.

Admito as minhas fraquezas, insucessos e infinitas imperfeições, porque quero descer do tabuleiro para pôr os pés no chão e conquistar o papel mais importante de minha vida: o de ser eu mesma, ainda que em pleno processo de descoberta do que isso possa ser.

O TEMPO DAS HORAS

As horas são soldados impiedosos que exterminam o tempo incessantemente.

Loucas, elas o perseguem e devoram friamente, num movimento mecânico, quase imperceptível, mas perverso, contínuo, perene.

Lutar contra as horas é necessidade constante para auxiliarmos o tempo, que se esvai sob o avanço implacável das horas a nos escravizar e cobrar pesados tributos.

É inútil correr contra o tempo. Antes, é imperioso combater as horas para salvar o tempo que, em seu desespero fugitivo, nos arranha, deixando profundos sulcos em nossa pele, nos marca e nos arrasta com ele, vítimas das horas.

E quando o tempo está quase por se extinguir, lamentamos toda a perda de tempo.

Correr contra o tempo, só o faz escapar de nós. É aconselhável dar-lhe abrigo, oferecer-lhe estadia, conviver com o tempo, pelo tempo possível de viver. É preciso iludir e enganar as horas e não a nós mesmos.

É preciso escondê-lo das horas famintas e, cada vez mais, poderosas, fortalecidas pelo consumo incessante de tempo.

Roubemos o tempo das horas. Abriguemos o tempo, demos a ele estadia em nossa vida para evitarmos inúmeros contratempos.

Devemos dar tempo ao tempo num refúgio seguro, porque, muito mais cedo que pensamos, as horas, essas compulsivas irremediáveis, agrupadas em exércitos cada vez maiores e mais fortes de dias, semanas, meses, anos, décadas, arrebatarão o tempo.

Quando conseguimos ludibriar as horas e reter um pouco o tempo conosco, ainda que temporariamente, logramos conviver e viver com mais tempo, sendo possível, assim, sermos mais fiéis a nós mesmos.

MINHA VERDADE

Cada um tem uma verdade, inventada e institucionalizada por si próprio.

Nós construímos, vestimos, comemos, respiramos a verdade. Trabalhamos, dormimos, acordamos e casamos com ela, fazemo-la crescer. Todos os nossos pensamentos, desejos, ações e atitudes estão fortemente embasados em nossa verdade.

Acreditamos firmemente estar a nossa existência seguramente calcada nesta verdade que incorporamos e, investidos de todo o poder que a verdade nos confere, falamos alto, gritamos, esbravejamos, batemos no peito.

Bilhões e bilhões de pessoas constituem a população mundial e, assim como eu construo a minha verdade, cada um edifica a sua.

Afinal, com quem está a verdade?

Acontece que existe um dispositivo especializado em detonar verdades individuais com precisão. Este dispositivo foi caprichosamente denominado de adversidade. A adversidade normalmente se apresenta quando nos deparamos com outras verdades.

Diante da adversidade, o nosso edifício rui e novas verdades se apresentam. Percebemos que já não vestimos aquela verdade, que ela arrumou outro e foi embora, que já fomos despedidos sem despedida etc.

O caleidoscópio gira e observamos, por outra lente, que aquela verdade, aquilo que acreditávamos ser, chocou-se com as verdades com que as outras pessoas se vestem e revestem.

Tem gente que morre achando que é tudo verdade!

Já que teimamos em criar uma verdade, é bom construirmos verdades flexíveis, porque as rígidas demais são as que se partem com maior facilidade e quanto maior o tamanho de nossa verdade, maiores os estragos em seu desmoronamento. É duro ver tudo em que acreditávamos ardentemente cair por terra completamente. Mais duro ainda é, de uma hora para outra, tentar caber numa nova verdade e ter que viver de meias verdades ou, na falta da nossa própria, nos apropriarmos da verdade alheia.

A bem da verdade, temos que admitir que ela é uma só e que ninguém tem seu certificado de propriedade.

Então, o melhor mesmo é assumirmos de vez que, definitivamente, não somos donos da verdade.

PORTO CORPO, VELA ALMA

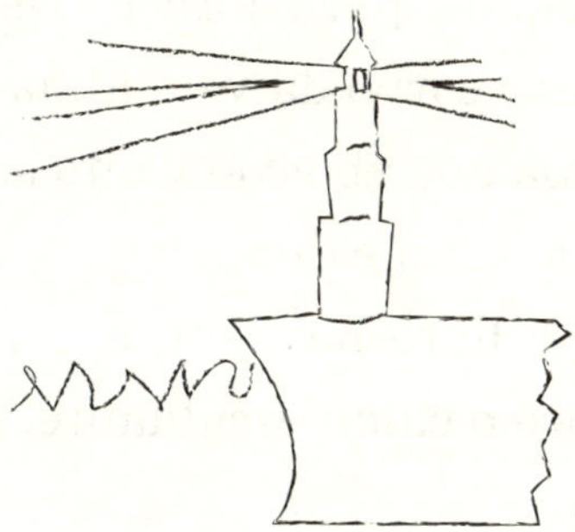

E ferve o caldeirão. Borbulha em bolhas quentes que se estouram espirradas lançando respingos para fora. Cada respingo, um pingo, um lampejo, um desejo, um festejo da alma vela que revela um *flash* da essência da subconsciência.

E fervilha o caldeirão desprezando as palavras por serem poucas, pobres e pequenas para registrar a efervescência. Cada pingo uma imagem com maior eloquência que dez mil palavras.

Imagens sonoras, movimentadas, que se concretizam. Cada palavra, um pingo de ideia. Cada ideia, um mar vernacular espetacular.

Ferve o caldeirão, gotas grossas, densas e quentes. Ideias e ideais ressecados solidificam-se ganhando corpo. Corpo pedra, porto corpo que aporta a alma vela.

A imaginação, gota livre de alma, navega no caldeirão fervente até que, numa explosão de bolha quente, seja jogada para fora e, resfriada, transforme-se no porto corpo da vela alma.

Vela que voa ao sabor do vento sobre a mistura quente, salgada e remexida.

Vela alma é livre navegante, amante, errante, deslizante, sobre o caldo escaldante, ao encontro de mais um porto.

MULHER DESDOBRÁVEL

Eu sou!

Tudo por um cabelo esticado na chapinha e os olhos bem delineados. Batom, eu gosto dos bem suaves e brilhozinhos.

Estas são armas infalíveis para enfrentar a vida.

Na hora cinzenta, nada como blush tom bronzeado e sombra douradinha brilhante, trazida da Europa pela amiga de muitas horas.

Rímel é o poder, aconselha outra grande amiga! Levanta a autoestima. Simplesmente, não dá mais para viver sem rímel! Qualquer olhinho caído toma ares de felicidade!

Por falar em felicidade, o caminho passa aqui perto. Mas, se a tristeza persistir, corretivo nela, cor da pele para debaixo dos olhos, peito estufado e é vida que segue. Não dá para deixar a peteca cair.

Falando em peteca, lembrei-me de pular corda. Este foi conselho médico: pular corda todos os dias para suar bastante e renovar as energias. Não deixar a peteca cair também faz o mesmo efeito, melhor ainda se um parceiro(a) entrar na brincadeira para ajudar com a peteca. Mas se ela cair, pega ela, joga para cima e começa de novo.

O poder redobra no salto. Nada de cabeça baixa; sobe no salto, mesmo que num saltinho, que tudo toma outra perspectiva.

É sempre providencial ter um amigo ao alcance da mão, ou melhor, do celular, rir bastante de bobagens e nunca se esquecer de retocar a maquiagem.

Tristeza, diz a poeta, não tem *pedigree*, mas a vontade de alegria tem raízes profundas.

Sabe o que dá a maior força para encarar a vida? Após finalizar com o brilho labial, olhar-se no espelho, piscar os cílios bem alongados e perguntar-se a si mesma: quem se dobra e desdobra para sempre conseguir dar a volta por cima?

Sou eu!

MONUMENTAL

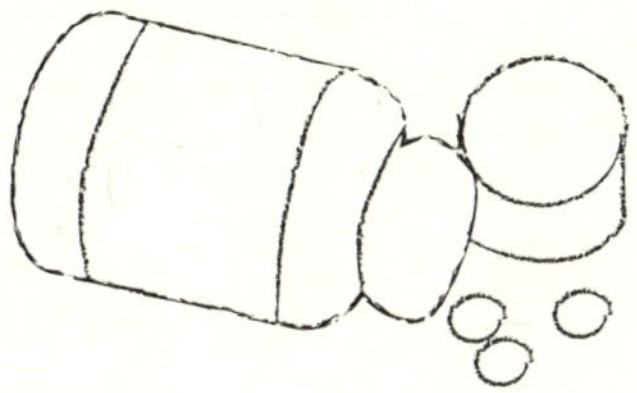

João Cabral de Melo Neto, este gigante da literatura brasileira, ergueu um monumento em homenagem à aspirina, por causa de suas constantes dores de cabeça. Eu, na minha pequenez, muito inspirada pelo seu magnífico edifício poético, ouso erguer um monumento bem para lá de piramidal, o qual certamente desapareceria, por completo, diante do gigantismo deste ser anônimo, que ora homenageio, e que, não só curou-me as dores de cabeça, como amenizou muito todas as minhas dores.

METAMORFOSE

A metamorfose ocorre onde menos se espera.

A ostra, cansada de ficar mergulhada e esquecida nas profundezas, trancada em si mesma, resolveu que precisava conhecer e estabelecer contato mais próximo com outros seres de outras esferas.

Deixando a timidez de lado, foi abrindo lentamente suas conchas e, à medida que elas se abriam, se modificavam. A casca grossa, áspera e cinzenta dava, pouco a pouco, lugar a uma superfície lisa e aveludada com desenhos perfeitos de um colorido magnífico.

De repente, e de forma surpreendente, as conchas, agora não mais conchas, começam a se movimentar vigorosamente como asas e a ostra, agora não mais ostra, se lança rumo a um novo mundo.

A vontade de ser transforma, podendo transmutar a própria natureza. Sua condição ostra chocava-se com sua alma borboleta. Sua forma pesada, fechada e cinzenta estava em conflito com sua essência leve, livre e colorida. O que antes era pesado, fechado e rígido passa a ser leve, aberto e flexível e a ostra inerte transforma-se magicamente numa borboleta leve, ágil e multicor.

Como a vida é engraçada! As conchas, que antes a aprisionavam, foram justamente os instrumentos que a conduziram à liberdade, transformando o que era reprimido e feio em ostentação de beleza e livre-arbítrio.

A ostra, agora borboleta, voa livre explorando o novo mundo, contudo conserva em si a característica mais nobre de sua forma primitiva.

VIDE VERSO

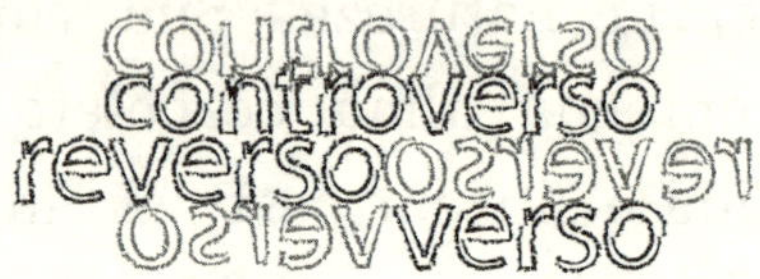

Apraz-me abrir frentes
Para meus versos
Porque é neles que está
Guardado tudo que há
De mais essencial em mim.

Pela frente,
Tudo que há
É paisagem.
É do outro lado
Que se encontram
O reverso, o controverso
E tudo o que há no verso.

Prezado leitor,

Se você conseguiu ler este livro até o final, será de grande valia saber com que texto você mais se identificou e por quê. Por isso, abro espaço para esta interação através do email stelaaurea@yahoo.com.br.

Áurea Stela

INFORMAÇÕES SOBRE NOSSAS PUBLICAÇÕES
E ÚLTIMOS LANÇAMENTOS

www.editorapandorga.com.br

PandorgA